U0005111

이준기와 함께하는
안녕하세요 한국어

跟李準基一起學習 "你好！韓國語"

3

說明

* 本書中的符號N代表名詞，A代表形容詞，V代表動詞。

* 聽CD就能聆聽演員李準基的原聲。

* 附錄部分有每課語法活用練習、會話練習和聽力練習的標準答案。

* 本書中的發音標記參照了《韓國語文手冊》(國立國語院) 中的標準發音方法。韓國語部分單詞的實際發音和書中的發音標記稍有不同，大家要聽CD掌握準確的發音。

* CD中，除了「詞彙及表達」部分，其他部分的內容各讀兩遍。第一遍以正常說話的語速閱讀；第二遍以適合學習者的程度以稍慢語速閱讀，這時大家可以出聲跟讀。

* 為了使學習者馬上就能找到自己想聽的內容，在CD中標記了錄音的章節，同時在書中有錄音的地方標記了CD，這樣更方便讀者使用CD。

* CD中的Appendix(mp3)每課課文和「跟李準基聊天」對話的錄音，便於學習者單獨學習這兩部分的內容。

跟李準基一起學習
"你好! 韓國語"

이준기와 함께하는
안녕하세요
한국어
3

劉素瑛 編著

저자의 말 序言

　　《跟李準基一起學習"你好！韓國語"》最後一本終於問世了！這套書從二〇〇七年開始歷經多年編製，真可謂是一項龐大的工程。我也為此書傾注了大量心血，但還是留下了些許遺憾。

　　各位讀者朋友，如果大家一直堅持學習完全部三冊，就會在韓國語方面產生一定的自信。但是千萬不要認為學習完第三冊就結束了，而把書束之高閣。大家應該從第一冊開始複習那些自己覺得沒有自信的部分。學習語言時，不應該僅停留在大腦理解的層次上，而應該不斷地反覆練習，使其成為自己的東西。最重要的是，要熟練到做夢都是韓國語。

　　與第一冊和第二冊相比，第三冊著重學習「流暢的韓國語表達」。對話中也是使用了大量韓國人更常用的會話表達方式。語言體現使用該語言的人們的生活習慣和文化。因此學習單詞的時候，如果了解這個國家的文化，就能更容易更順利地學習。大家對韓國文化越熟悉，對韓國語也就會越熟悉。大家在學習韓國語的同時，對韓國文化的興趣也會日益濃厚。為此，在第三冊中選取了大量有關韓國文化的內容。同時，第三冊的對話也都是韓國社會日常生活中常見的情景。

　　在能使韓國語程度更上一層樓的閱讀部分，添加了關於韓國方方面面的內容。這在幫助大家提高韓國語理解力的同時，可以使大家進一步了解韓國。《跟李準基一起學習"你好！韓國語"》這套書的編製真是一項非常有價值的工作。在此期間，讀者朋友的支持給予我很大力量，從而使我能順利地完成全書。能通過這套書與全世界的讀者朋友溝通交流真是件非常幸福的事情。在此，非常感謝大家！請大家不要就此結束韓國語學習，一定要朝著下一個目標更加努力地學習！

　　今後我會繼續使用韓國語與讀者朋友一起溝通交流。

劉素瑛

二〇一四年一月

이준기의 말 李準基的表白

　　《跟李準基一起學習"你好！韓國語"》最後一本終於出版了！剛開始製作這套書的情形還歷歷在目，彷彿事情就發生在昨天，轉眼間整套書的編製卻已接近尾聲。我心中百感交集，就好像完成了一部作品後站在拍攝現場時的心情一樣。你們一定也會記得我忽然華麗變身為韓國語老師的那些日子吧？回想一下，從那時起到現在已經過去好多年了……心中感慨就此打住。

　　大家是不是到現在一直堅持和我一起學習韓國語呢？如果有人中途偷懶了，我會網開一面的。大家從現在開始趕快學習第三冊吧。一鼓作氣堅持到底當然最好，不過在覺得困難的時候稍微休息一下，然後再重新蓄力出發也是不錯的。

　　如果是一直堅持學習的讀者朋友，我要為你的熱情和專注獻上熱烈的掌聲。若能如此持之以恆，努力學習外語，那麼無論任何事情，你都可以做得很棒。其實在一段時間內集中精力學習某件事情還是很容易的，因為你只要在這段時間裡努力去做就行了。但是韓國語不是只在一段時期內努力就能學好，而是需要長期堅持不懈地去學習，這可絕不是一件容易的事情。

　　我也在學習外語，可是程度一直不見提高。其中最大的原因就是，我在拍攝過程中沒有時間學習，而在拍攝結束後要休息又不想學習。因此，我認為克服一切誘惑堅持學習本身就是人生的一大成功。

　　讀者朋友們，無論做什麼事都要像學習韓國語這樣堅持不懈地努力。我也會更加努力更加真誠地投入到各項工作中。如果有朋友通過此書與我認識，希望這份緣分能長期保持下去。我非常感謝大家珍視這份對韓國及韓國語的美好情緣。同時我也會努力以更新更好的面貌陪在大家身邊一路走下去。我希望韓國能成為大家心目中既新奇又親切的地方。

　　至此不得不非常遺憾地說一句：大家再見了，我們下次再會！

李準基
二〇一四年一月

이 책의 구성 本書的結構

對話部分

第三冊對話使用了很多更加豐富的韓國語表達方式。從對話中可以接觸到韓國文化及韓國社會多樣多采的面貌。熟悉了解韓國社會、韓國文化以及韓國人的生活習慣等，有利於大家更好地運用韓國語。

詞彙及表達

收錄了大量更有深度更多樣化的詞彙，為流暢地使用韓國語表達打下堅實基礎。在閱讀部分，單獨列出了一些閱讀內容中出現的比較高難度的單詞。

語法

與第一冊和第二冊相比，第三冊的語法稍微變難了，但是語法的例句使用了實際生活中常用的更加生動的表達方式，從而增強了直觀性。與第二冊一樣，作者在第三冊中也對語法進行了講解和說明。語法難度加大了，大家應該通過活用練習充分進行練習。

會話練習

為了能夠進行更豐富更流暢的韓國語會話練習，編寫了在實際生活中經常用到的各種例題。通過第一冊和第二冊的學習，學習者在一定程度上熟悉了韓國語，考慮到這一情況，第三冊將圖片去掉，而改用文字提出問題。希望這樣能更好地幫助學習者提高韓國語程度。

聽力練習

充分利用第三冊中出現的語法和詞彙及表達，構成實際生活中的常見情景。大家不要只侷限於答題，而要反覆聽，反覆讀文本，這樣不僅能鍛鍊大家的聽力能力，還能幫助大家說出非常自然的語句。

跟李準基聊天

因為大家對韓國語還不熟悉，所以在第一冊和第二冊中，「跟李準基聊天」的內容是課文的延伸。在第三冊中，「跟李準基聊天」是全新內容，從而增強了全方位立體學習效果。如果大家完全掌握了「跟李準基聊天」的內容，那麼就能更流暢地運用韓國語。

閱讀

在第一冊和第二冊中，通過「專題」、「練習」幫助大家靈活運用每課所學的內容。在第三冊中，通過「閱讀」幫助大家提高韓國語閱讀能力。「閱讀」部分也是關於韓國社會百態或韓國文化的內容，大家一定要反覆閱讀直到完全理解為止。

稍等！李準基的韓國文化介紹

韓流明星李準基在第一冊中介紹了首爾，第二冊中介紹了韓國各地的城市，在第三冊中簡單卻多元化地介紹了韓國融合傳統與現代的社會與文化現象。至此就要與李準基依依惜別了，所以請專注傾聽李準基娓娓道來的故事吧。

이 책의 장점 本書的優點

1. 從基礎韓國語到高級韓國語會話，能夠系統地反覆學習。

從韓文的輔音和元音到基礎語法、基礎會話、日常韓國語會話，能夠系統地學習韓國語。初學韓國語的讀者朋友，之前有過韓國語學習經歷而想重新開始學習的讀者朋友，教授韓國語的讀者朋友，都非常適合選用本書。

2. 不受時空限制，可以隨時隨地使用本書輕鬆地學習韓國語。

《跟李準基一起學習"你好！韓國語"》作為一套可以用來自學的韓國語教材，包括簡單易懂的講解和豐富多采的練習等，大家可以隨時隨地使用本書輕鬆地學習韓國語。另外，本書包括各種練習，也可以用於韓國語老師的課堂教學。

3. 是一本可以通過活用各種感官來愉快地學習韓國語的書。

掌握外語最快的方法就是利用各種感官進行學習，即進行聽說讀寫等各方面的練習。本書中有韓流明星李準基的原聲，有精美的插圖和簡潔明瞭的表格，還有各種表達與句型練習、聽力練習、閱讀練習等，使讀者能夠更愉快地學習韓國語。

4. 通過本書可以與韓流明星李準基一起學習新奇而有趣的韓國語。

聽著有關李準基的各種故事以及李準基充滿魅力的嗓音，能讓大家體會到韓國語學習的小樂趣。中文繁體版特別獨家整理每課課後，李準基的鼓勵原文及翻譯，讓讀者不只學韓文，更能夠從偶像的聲音中得到持續學習的力量。

5. 通過本書能夠讓大家接觸到原汁原味的韓國風貌，學習生活中道道地地的韓國語。

正文和跟李準基聊天部分包含很多目前正在韓國發生的故事以及韓國的文化與社會萬象，能夠讓大家學習道道地地的韓國語。學習語言時，如果能了解該國家的文化，那麼就能夠更愉快地學習該語言。

등장인물 登場人物

최지영

이준기

리리

崔志英	李準基	麗麗
韓國	韓國	中國
21歲	30歲	24歲
大學生	電影演員	報社記者

비비엔

수파킷

스테파니

維維安	蘇帕克	史蒂芬妮
德國	泰國	澳洲
20歲	24歲	23歲
交換學生	作家	公司職員

보리스

하즈키

요나단

鮑里斯

德國

29歲

公司職員

葉月

日本

21歲

大學生

喬納森

美國

24歲

音樂家

앙리

이겔

압둘라

亨利

法國

28歲

畫家

伊格爾

蒙古

21歲

大學生

阿卜杜拉

沙烏地阿拉伯

27歲

醫生

Contents

차례 目錄

학습 구성표 學習內容結構表

	題目	情景	語法
1	적극적이고 활발한 편이에요 性格比較樂觀、活潑	描述性格	A/V-(으)ㄴ/는 편이다, N인 편이다 N적 A/V-(으)ㄴ/는 척하다, N인 척하다
2	토픽 시험을 보기로 했어요 決定參加TOPIK考試（韓國語能力考試）	表達意圖/約定	V-고 나서 V-(으)려고 하다 V-기로 하다
3	제주도 올레길을 같이 걸어 봐요 一起走走濟州偶來小路	推薦，推測	V-아/어 보다 A/V-(으)ㄹ까요?(추측) A/V-(으)ㄹ 거예요(추측)
4	한국어 말하기 대회에 나가 본 적이 있어요? 參加過韓國語演講比賽嗎？	表達經驗	V-(으)ㄴ 적이 있다/없다 A/V-거든요, A/V-았/었거든요 A/V-(으)ㄹ 거거든요, V-(으)ㄹ 뻔하다
5	제가 짐을 들어 드릴게요 我幫你拿行李吧	請求，拜託	A/V-기는요 V-(으)ㄹ게요 N들
6	너 내일 시간 있어? 你明天有時間嗎？	用非敬語聊天	N아/야 N처럼 반말
7	찹쌀떡이랑 엿을 선물한다고 해요 聽說要送糯米糕和麥芽糖作禮物	轉達意見	간접 화법1: A-다고 하다, V-ㄴ/는다고 하다 N(이)라고 하다 A/V-냐고 하다, N(이)냐고 하다 V-게 하다
8	비가 오면 김치전을 만들어 먹자고 할까요? 下雨天我們一起做泡菜餅吃好嗎？	排憂解難， 訴說難言之隱	간접 화법 2: 명령, 청유 V-자고 하다, V-지 말자고 하다 V-(으)라고 하다, V-지 말라고 하다
9	쌈밥을 먹을 줄 알아요? 你吃包飯嗎？	製作韓國食物	V-는 법 A-게 V-(으)ㄹ 줄 알다/모르다
10	어떤 사람과 결혼하고 싶어요? 想和什麼樣的人結婚？	談論結婚條件	A-아/어 보이다 A/V-(으)면 좋겠다, N(이)면 좋겠다 N(이)나 N
11	나라마다 문화가 다르군요! 每個國家的文化都不一樣啊	談論文化差異	N마다 N인데 반해, A-(으)ㄴ데 반해, V-는데 반해 N에 대해(서)
12	취업 준비를 하느라고 힘들어요 因為準備找工作而很累	(就業/升學)面試	V-느라(고) 얼마나/어찌나 V-는지 모르다 얼마나 A-(으)ㄴ지 모르다 V-아/어 버리다

詞彙	活動（跟李準基聊天）	閱讀/韓國文化介紹	發音規則
性格	描述自己的性格	당신은 어떤 성격? 你個性怎麼樣？	「리」的發音 雙收音的單純化
計劃，文化活動	談論休假計劃	친구 같은 한국의 아빠들 像朋友一樣的韓國爸爸們	「ㅎ」的發音 ㅎ弱化
旅遊地，飲食，感受（形容詞）	介紹家鄉	삼다 삼무의 섬, 제주 三多三無島，濟州島	「ㅖ」的發音 單元音化
地名，電影	談論過去差點造成嚴重後果的事情	한국의 시조 신화, 단군 할아버지 韓國的祖先——檀君爺爺	「ㅄ」的發音 雙收音單一化
搬家，喬遷喜宴	談論搬家那天	새 집에서의 축하 파티, 집들이 搬新家後的祝賀聚會——喬遷喜宴	「ㄹ」的發音 流音的鼻音化
搬家，喬遷喜宴，地名	招待朋友（喬遷喜宴）	박물관 관람 參觀博物館	「ㅆ」的發音 響音的鼻音化
考試，韓文	談論紀念日（韓文日）	세종대왕과 한글 世宗大王和韓文	「ㅄ」的發音 響音的鼻音化
天氣，天氣預報	聽天氣預報後修改計劃	한국의 봄, 여름, 가을, 겨울 韓國的春夏秋冬	「ㅎ＋ㄱ」的發音 送氣音化
料理，理髮店	介紹自己推薦的料理方法	사설 : 조용필과 싸이가 일으킨 창조적 문화 신드롬 社論：趙容弼和鳥叔掀起的文化創新熱潮	「(으)ㄹ＋ㅈ」的發音 緊音化
結婚，外貌，性格	談論擇配偶條件	점점 높아지는 한국의 결혼 연령 逐漸晚婚的韓國結婚年齡	「ㄶ＋ㅈ」的發音 雙收音單一化
節日，節日食物	比較飲食文化、生活文化等	한국의 명절, 추석과 설날 韓國的節日——中秋節和春節	合成詞的緊音化
就業，面試	採訪時做自我介紹	입사지원서 쓰기 寫求職信	「ㄱ」的發音 音的同化(鼻音化)

적극적이고
활발한 편이에요

性格比較樂觀、活潑

01

學習目標

情景

描述性格

詞彙

性格

語法

A/V-(으)ㄴ/는 편이다
N인 편이다
N적
A/V-(으)ㄴ/는 척하다
N인 척하다

CD로 들어 보세요

이 준 기 스테파니 씨, 지난주에 한 소개팅은 어땠어요?

스테파니 음! 아주 좋았어요.

이 준 기 어떤 사람이었어요?

스테파니 키도 크고 얼굴도 잘생긴 사람이었어요.

이 준 기 그래요! 성격은 어땠어요?

스테파니 적극적이고 활발한 편이었어요.

이 준 기 스테파니 씨도 밝고 명랑한 성격이니까

　　　　　마음에 들었겠군요!

스테파니 네, 마음에 들었어요. 그래서 저는 얌전한 척했어요.

이 준 기 스테파니 씨의 털털한 모습을 들키면 큰일이군요!

스테파니 네, 그래서 저도 걱정이에요.

앞으로는 밥도 조금만 먹는 척하고 말도 예쁘게 할 거예요.

이 준 기 얌전한 스테파니 씨! 아주 재미있겠군요!

스테파니 그런데 이준기 씨 여자 친구는 어떤 사람이에요?

이 준 기 제 여자 친구는 예쁘고 귀여운 사람이에요.

스테파니 성격은 어때요?

이 준 기 조금 소심하지만 책임감이 강하고 꼼꼼한 편이에요.

스테파니 하하하, 이준기 씨가 성격이 급한 편이니까

두 사람이 잘 맞겠군요?

이 준 기 네, 우리는 찰떡궁합이에요.

01 성격 1 性格 1

적극적이다[적끅쩌기다] 積極的

활동적이다[활똥저기다] 活躍的

부정적이다[부정저기다] 否定的

열정적이다[열쩡저기다] 熱情的

사교적이다[사교저기다] 善於交際的

이성적이다[이성저기다] 理性的

낭만적이다[낭만저기다] 浪漫的

내성적이다[내성저기다] 內向的

인간적이다[인간저기다] 人性的

소극적이다[소극쩌기다] 消極的

긍정적이다[긍ː정저기다] 肯定的

보수적이다[보수저기다] 保守的

이기적이다[이기저기다] 自私的

감성적이다[감성저기다] 感性的

현실적이다[현실쩌기다] 現實的

외향적이다[외향저기다] 外向的

매력적이다[매력쩌기다] 有魅力的

02 성격 2 性格 2

급하다[그파다] 急

얌전하다[얌전하다] 文靜

무뚝뚝하다[무뚝뚜카다] 生硬

점잖다[점ː잔타] 沈穩

꼼꼼하다[꼼꼼하다] 仔細

소심하다[소심하다] 謹慎

느긋하다[느그타다] 慢呑呑

조용하다[조용하다] 安靜

차분하다[차분하다] 文靜

다정하다[다정하다] 多愁善感

깐깐하다[깐깐하다] 縝密

활발하다[활발하다] 活潑

원만하다 [원만하다] 寬厚，友善；圓滿

상큼하다 [상큼하다] 爽快

밝다 [박따] 開朗

덜렁대다 [덜렁대다] 愣頭愣腦，笨手笨腳

현명하다 [현명하다] 明智

겸손하다 [겸손하다] 謙遜

우유부단하다 [우유부단하다] 優柔寡斷

집요하다 [지뵤하다] 固執

조심스럽다 [조심스럽따] 小心翼翼

참다 [참 : 따] 忍

이해심이 많다 [이해시미만타] 善解人意

명랑하다 [명낭하다] 開朗

발랄하다 [발랄하다] 活潑，直爽

털털하다 [털털하다] 灑脫

산만하다 [산만하다] 散漫

신중하다 [신중하다] 慎重

욕심이 많다 [욕씨미만타] 貪婪

책임감이 강하다 [채김가미강하다] 責任心強

변덕스럽다 [변덕쓰럽따] 喜怒無常

짜증을 내다 [짜증을내다] 發脾氣

허영심이 많다 [허영시미만타] 愛慕虛榮

03 기타 其他

외모 [외모] 外貌

성격 [성격] 性格

단점 [단 : 쩜] 缺點

가끔 [가끔] 有時

맞선을 보다 [맏써늘보다] 相親

소개팅을 하다 [소개팅을하다] 相親會

어울리다 [어울리다] 匹配

잘생기다 [잘생기다] 長得好看

들키다 [들키다] 穿幫，洩露

장점 [장 : 쩜] 優點

찰떡궁합 [찰떡꿍합] 天作之合

미팅을 하다 [미팅을하다] 聯誼／開會

여우 같다 [여우갇따] 狐狸精

마음에 들다 [마으메들다] 滿意

돈을 벌다[도늘벌다] 賺錢

의논하다[의논하다] 討論

소리를 내다[소리를내다] 出聲

포기하다[포기하다] 放棄

실수를 하다[실쑤를하다] 失誤

낮잠을 자다[낟짜믈자다] 睡午覺

마음을 열다[마으믈열다] 敞開心扉

發 / 音 / 規 / 則

「ㄺ」的發音 雙收音的單純化

雙收音/ㄺ/後面跟以/ㄱ/開頭的音節時，發/ㄹ/[르]音，這時後面的/ㄱ/要發/ㄲ/[끄]音。

$$ 밝고 \Rightarrow [발꼬] $$

$$ ㄺ + ㄱ \Rightarrow ㄹ + ㄲ $$

맑고[말꼬]　　**읽고**[일꼬]　　**늙고**[늘꼬]

01 A/V−(으)ㄴ/는 편이다, N인 편이다

情景 「史蒂芬妮很漂亮，但是沒有電影演員那麼漂亮。在普通人中我認為是漂亮的。」這時應該說「스테파니는 예쁜 편이에요.」。「我喜歡雞排，但是也不是百分百完全喜歡，大約百分之七十～八十左右喜歡。」這時應該說「저는 닭갈비를 좋아하는 편이에요.」。

說明 「A/V−(으)ㄴ/는 편이다」與「예쁘다 (漂亮), 좋아하다 (喜歡)」等形容詞和動詞連用，表示該形容詞和動詞所指出的事實並非百分百完全是那樣，而大約有七八成的程度。

스테파니는
예쁜 편이에요.

리리 씨는 차분한 편이에요.

비비엔 씨는 활발한 편이에요.

압둘라 씨는 원만한 편이에요.

익겔 씨는 사교적인 편이에요.

:: A-(으)ㄴ 편이다 連接方法

詞幹末音節沒有收音的形容詞後面使用「A-ㄴ 편이다」，詞幹末音節有收音的形容詞後面使用「A-은 편이다」。

沒有收音時+ ㄴ 편이다 예쁘다+ㄴ 편이다 → 예쁜 편이다

有收音時+ 은 편이다 많다+ 은 편이다 → 많은 편이다

收音是「ㄹ」時→ ㄹ+ ㄴ 편이다 멀다+ㄴ 편이다 → 먼 편이다

收音是「ㅂ」時 → 우 + ㄴ 편이다 귀엽다+ 운 (우+ㄴ) 편이다 → 귀여운 편이다

:: V-는 편이다 連接方法

詞幹末音節有收音和沒有收音的動詞後面都使用「V-는 편이다」。

沒有收音時+ 는 편이다 어울리다+ 는 편이다 → 어울리는 편이다

有收音時+ 는 편이다 잘 먹다+ 는 편이다 → 잘 먹는 편이다

收音是「ㄹ」時→ ㄹ+ 는 편이다 마음에 들다+ 는 편이다 → 마음에 드는 편이다

:: N인 편이다 連接方法

末音節有收音和沒有收音的名詞後面都使用「N인 편이다」。

沒有收音時+ 인 편이다 좋은 날씨+인 편이다 → 좋은 날씨인 편이다

有收音時+ 인 편이다 적극적+인 편이다 → 적극적인 편이다

문법

활용 연습 活用練習 請在空格處填寫適當的內容。

原型	A-(으)ㄴ 편이다	原型	A-(으)ㄴ 편이다
급하다		깐깐하다	
산만하다		점잖다	
소심하다		변덕스럽다	
현명하다		조심스럽다	

原型	V-는 편이다	原型	V-는 편이다
싫어하다		일찍 오다	
여행을 자주 가다		밥을 많이 먹다	
요리를 잘하다		돈을 잘 벌다	
금방 잊어버리다		마음에 들다	

原型	N인 편이다	原型	N인 편이다
부자		현실적	
추운 날씨		긍정적	
무서운 영화		낭만적	
잉꼬부부		보수적	

02 N적

情景　「我有時候很謹慎，但大部分時候都很活躍。」這時應該說「저는　활
　　　동적이에요.」。「我有時候很衝動，但是有事情的時候會冷靜地做
　　　出判斷。這時應該說「저는 이성적이에요.」。

說明　「N적」用於「활동（活躍），이성（理性）」等名詞所指的傾向占
　　　七八成以上的時候。

최지영 씨는 내성적이에요.

이준기 씨는 긍정적이에요.

수파킷 씨는 열정적인 사람이에요.

보리스 씨는 낭만적인 사람이에요.

:: N적 連接方法

末音節有收音和沒有收音的名詞後面都使用「N적」。

沒有收音時+ 적　사교＋적→사교적

有收音時+ 적　활동＋적→활동적

03 A/V-(으)ㄴ/는 척하다, N인 척하다

情景 「我閉眼躺著，但是沒有睡。可是朋友叫我的時候我沒有應答。」這時應該
說「저는 자는 척했어요.」。「我是性格活潑的人，但是有帥哥時我也裝
作文靜的人那樣靜靜地說話和行動。」這時應該說「저는 멋있는 남자가
있으면 얌전한 척해요.」。

說明 「A/V-(으)ㄴ/는 척하다」和「자다（睡覺），얌전하다（文靜）」等動詞
和形容詞連用，表示實際上雖然不是該動詞和形容詞所指的事實或狀態，
但想要別人看起來似乎是那樣。

얌전한 척해요.

스테파니 씨는 얌전한 척했어요.

앙리 씨는 그림을 못 그리는 척했어요.

이준기 씨는 내성적인 척했어요.

요나단 씨는 학생인 척했어요.

:: **A-(으)ㄴ 척하다** 連接方法

詞幹末音節沒有收音的形容詞後面用「A-ㄴ 척하다」，詞幹末音節有收音的
形容詞後面用「A-은 척하다」。

沒有收音時+ㄴ 척하다　조용하다+ㄴ 척하다→ 조용한 척하다

有收音時+은 척하다　점잖다+은 척하다→ 점잖은 척하다

收音是「ㄹ」時→ㄹ+ㄴ 척하다　멀다+ㄴ 척하다→ 먼 척하다

收音是「ㅂ」時→우+ㄴ 척하다　맵다+운 (우+ㄴ) 척하다→ 매운 척하다

:: **V-는 척하다** 連接方法

詞幹末音節有收音和沒有收音的動詞後面都使用「V-는 척하다」。

沒有收音時+ 는 척하다　자다+는 척하다→ 자는 척하다

有收音時+는 척하다　못 먹다+는 척하다→ 못 먹는 척하다

收音是「ㄹ」時→ㄹ+ 는 척하다　울다+는 척하다→ 우는 척하다

:: **N인 척하다** 連接方法

末音節有收音和沒有收音的名詞後面都使用「N인 척하다」。

沒有收音時+ 인 척하다　요리사+인 척하다→ 요리사인 척하다

有收音時+ 인 척하다　학생+인 척하다→ 학생인 척하다

문법

활용 연습 活用練習 請在空格處填寫適當的內容。

原型	A-(으)ㄴ 척하다	原型	A-(으)ㄴ 척하다
느긋하다		욕심이 많다	
명랑하다		욕심이 없다	
차분하다		귀엽다	
여우 같다		변덕스럽다	

原型	V-는 척하다	原型	V-는 척하다
맞선을 보다		낮잠을 자다	
좋아하다		신문을 읽다	
어울리다		마음에 들다	
실수를 하다		음악을 듣다	

原型	N인 척하다	原型	N인 척하다
부자		애인	
친구		찰떡궁합	
의사		적극적	
부부		사교적	

회화 연습

01 스테파니 씨는 활발한 편이에요.

가 스테파니 씨의 성격이 어때요?
나 스테파니 씨는 활발한 편이에요.

스테파니
활발하다

수파킷
꼼꼼하다

가 _____?
나 _____.

. . . .

압둘라
털털하다

가 _____?
나 _____.

. . . .

요나단
책임감이 강하다

가 _____?
나 _____.

. . . .

만들어 보세요.

비비엔
덜렁대다

이준기
다정하다
...

가 _____?
나 _____.

. . . .

02 스테파니 씨는 얌전하고 낭만적이에요.

가 스테파니 씨의 성격이 어때요?

나 스테파니 씨는 얌전하고 낭만적이에요.

스테파니
얌전하다, 낭만적

수파킷
느긋하다, 긍정적

가 _____?

나 _____.

· ·

최지영
명랑하다, 활동적

가 _____?

나 _____.

· ·

앙리
조용하다, 이성적

가 _____?

나 _____.

· ·

익겔
소심하다, 내성적

가 _____?

나 _____.

· ·

<table>
<tr><td>

리리
밝다, 적극적

</td><td>

가 _____ ?

나 _____ .

</td></tr>
<tr><td>

비비엔
차분하다, 꼼꼼하다

</td><td>

가 _____ ?

나 _____ .

</td></tr>
</table>

만들어 보세요.

가 _____ ?

나 _____ .

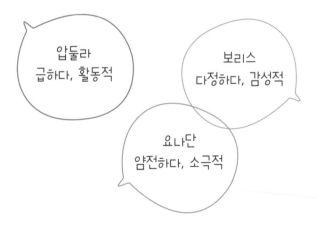

압둘라
급하다, 활동적

보리스
다정하다, 감성적

요나단
얌전하다, 소극적

03 스테파니 씨는 부자인 척해요.

가 스테파니 씨는 부자예요?
나 아니요, 그런데 부자인 척해요.

스테파니
부자 ✕

리리
낭만적 ✕

가 _____?
나 _____.

압둘라
현실적 ✕

가 _____?
나 _____.

요나단
느긋하다 ✕

가 _____?
나 _____.

만들어 보세요.
비비엔
외향적 ✕
익겔
선생님 ✕
...

가 _____?
나 _____.

04 이준기 씨는 음악을 듣는 척하고 있어요.

가 이준기 씨는 지금 음악을 들어요?
나 아니요, 그런데 음악을 듣는 척하고 있어요.

이준기
음악을 듣다 ✕

수파킷
맞선을 보다 ✕

가 _____?
나 _____.

익겔
선물이 마음에
들다 ✕

가 _____?
나 _____.

이준기
꼼꼼하다 ✕

가 _____?
나 _____.

만들어 보세요.

보리스
점잖다 ✕

스테파니
잠을 자다 ✕
...

가 _____?
나 _____.

적극적이고 활발한 편이에요   33

듣기 연습 聽力練習

請仔細聽CD，然後回答問題。

문제 두 사람은 어떤 사람을 좋아하고 어떤 사람을 싫어해요?
빈 칸에 쓰세요.

	좋아하는 사람	싫어하는 사람
압둘라		
리리		

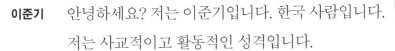

請仔細聽錄音。

이준기 안녕하세요? 저는 이준기입니다. 한국 사람입니다.
저는 사교적이고 활동적인 성격입니다.
그래서 새로운 곳에 가는 것과 새로운 친구를 사귀는 것을
좋아하는 편입니다. 그런데 조금 덜렁대는 편이라서
가끔 실수를 할 때도 있습니다.
그럴 때에 매니저 형이 없으면 큰일이에요.
그런데 제 팬들은 이런 저의 모습을 인간적이라고 하는
분들도 있습니다. 요즘은 차분해지고 싶어서 무슨 일을 할 때
다시 한 번 생각하고 하는 편입니다.

스테파니 안녕하세요? 저는 스테파니입니다. 호주 사람입니다.
저는 조용하고 내성적인 성격이에요.
그래서 새로운 사람들과 처음 만났을 때 잘 어울리지 못하는
단점이 있어요. 하지만 다른 사람의 고민을 잘 들어주어서
마음을 열고 의논하는 친구들이 많은 편입니다.
그리고 책임감이 강하고 차분하고 꼼꼼한 성격이라서
무슨 일이든지 끝까지 최선을
다하는 편입니다.

읽어 보기 閱讀

:: **당신은 어떤 성격?** 필기도구와 종이를 준비하세요.

1. 하루 중 제일 기분이 좋을 때는?

㉠ 아침

㉡ 오후

㉢ 밤

2. 뭔가 아주 재미있는 일이 생겼을 때?

㉠ 소리를 내지 않고 웃는다.

㉡ 작은 소리로 웃는다.

㉢ 큰 소리로 즐겁게 웃는다.

3. 편안히 쉴 때?

㉠ 왼쪽 다리를 접고 앉는다.

㉡ 다리를 쭉 펴고 앉는다.

㉢ 다리를 나란히 모아 앉는다.

㉣ 다리를 꼬고 앉는다.

4. 걸을 때?

㉠ 바닥을 보고 천천히 걷는다.

㉡ 보폭을 좁게 빨리 걷는다.

㉢ 보폭을 넓게 빨리 걷는다.

㉣ 앞을 보고 천천히 걷는다.

5. 사람들이 많이 모이는 장소에 갈 때?

㉠ 시선을 끌지 않게 조용히 등장한다.

㉡ 아는 사람들이 있는지 보며
  차분히 등장한다.

㉢ 사람들이 모두 알게 화려하게
  등장한다.

6. 열심히 일을 하다가 방해 받았을 때?

㉠ 짜증을 낸다.

㉡ 포기하고 참는다.

㉢ 휴식의 기회를 반갑게 맞이한다.

7. 다음 중 가장 좋아하는 색은?

㉠ 하양이나 회색

㉡ 파랑이나 보라색

㉢ 녹색이나 연두색

㉣ 빨강이나 주황색

㉤ 까망

8. 잠자리에서 잠들기 직전에?

㉠ 머리를 이불 밑에 넣고

㉡ 한 팔을 베고

㉢ 약간 몸을 둥글게 옆으로 누운 자세

㉣ 몸을 똑바로 펴고 누운 자세

점수합산 ㉠1점 ㉡2점 ㉢3점 ㉣4점 ㉤5점   당신의 점수는 몇 점이에요? _____

> 30점 이상

당신은 이기적이고 허영심이 많고 자기중심적이며 지배적인 사람입니다. 그런 당신을 부러워하여 당신처럼 되기를 바라는 사람들도 있지만, 당신을 신뢰하지 않는 사람들도 있습니다.

> 23~29점

당신은 변덕스럽지만 열정적인 편입니다. 당신은 리더 타입으로 무슨 일이든지 결정을 빨리 내립니다. 당신은 과감하고 모험심이 있으며 무엇이든 한번쯤은 시도해 보는 타입으로 당신과 가까이 하는 사람들은 당신의 그런 강렬한 모습에 끌립니다.

> 16~22점

당신은 상큼하고 발랄하고 매력적이고 즐거운 사람입니다. 그래서 주위 사람들에게도 인기가 많습니다. 당신은 다정하고 친절하며 이해심도 많은 사람이라서 분위기를 상승시키고 어려운 사람들도 잘 도와주는 편입니다.

> 9~15점 이하

당신은 현명하고 신중하며 조심스럽고 현실적입니다. 당신은 똑똑하며 재능과 능력도 있고 겸손한 사람입니다. 당신과 일단 친구가 되면 절대적인 신뢰를 주고받으며 다른 사람이 그 신뢰를 무너뜨리기 어렵습니다. 반면 한번 그 신뢰가 무너지면 그것을 극복하는 것도 아주 오래 걸리는 편입니다.

> 4~8점 이하

당신은 신중하고 느리지만 꾸준하게 전진하는 사람입니다. 당신은 무슨 일이든 모든 각도에서 꼼꼼이 살펴본 다음 대부분 퇴짜를 놓는 사람입니다. 친구들은 당신을 집요하고 깐깐한 사람으로 보기도 합니다.

> 3점 이하

당신은 부끄럼을 많이 타고 소심하며 우유부단한 편입니다. 생기지도 않은 일에 대해서도 걱정을 많이 하는 성격입니다. 그런 당신을 가까운 친구들은 귀여운 편이라고 생각하지만 보통 사람들은 지루한 편이라고 생각합니다.

접다[접따] 折疊

나란히[나란히] 並排

꼬다[꼬다] 翹（腿）

보폭[보폭] 步幅

화려하다[화려하다] 華麗

. . . .

휴식[휴식] 休息

맞이하다[마지하다] 迎接

직전[직쩐] 之前

부럽다[부럽따] 羨慕

과감하다[과감하다] 果斷

. . . .

강렬하다[강녈하다] 強烈

상큼하다[상크마다] 爽快

재능[재능] 才能

겸손하다[겸손하다] 謙遜

무너뜨리다[무너뜨리다] 推倒，使倒塌

. . . .

극복하다[극뽀카다] 克服

전진하다[전진하다] 前進

퇴짜를 놓다[퇴짜를노타] 被拒絕

. . . .

부끄럼을 타다[부끄러믈타다] 靦腆，害羞

시선을 끌다[시서늘끌다] 引人注目

자기중심적이다[자기중심저기다] 以自我為中心的

결정을 내리다[결쩡을내리다] 下決定

모험심이 있다[모험시미읻따] 有冒險心

펴다[펴다] 展開

모으다[모으다] 收集

바닥[바닥] 底

등장하다[등장하다] 登場

방해[방해] 妨礙

. . . .

기회[기회] 機會

잠자리[잠짜리] 睡覺的地方

지배적이다[지배저기다] 支配性的

신뢰하다[실뢰하다] 信賴

시도하다[시도하다] 試一試

. . . .

끌리다[끌 : 리다] 被吸引

상승시키다[상승시키다] 使上升

능력[능녁] 能力

절대적이다[절때저기다] 絕對的

무너지다[무너지다] 倒塌

. . . .

신중하다[신중하다] 慎重

각도[각또] 角度

지루하다[지루하다] 厭煩，冗長，無聊

토픽 시험을
보기로 했어요

決定參加TOPIK考試（韓國語能力考試）

學習目標

情景

表達意圖/約定

詞彙

計劃，文化活動

語法

V-고 나서
V-(으)려고 하다
V-기로 하다

CD로 들어 보세요

비비엔	요나단 씨, 뭐 하고 있어요?
요나단	아, 비비엔 씨. 지금 새해 계획을 세우고 있어요.
비비엔	새해 계획요? 무슨 특별한 계획이라도 있어요?
요나단	올해는 토픽 시험에 도전해 보려고 해요. 제 한국어 실력이 어느 정도인지 알고 싶고, 목표가 있으면 더 열심히 공부할 것 같아서요.
비비엔	그래요? 저도 토픽 시험을 보고 싶지만, 아직 한국어를 잘 못해서 자신이 없어요. 그런데 몇 급을 보기로 했어요?

토픽 시험을 보기로 했어요 **39**

요나단　이번에는 중급을 보려고 해요.

　　　　중급에 붙고 나서는 고급에 도전할 거예요.

비비엔　고급까지요? 요나단 씨, 정말 대단해요.

요나단　뭘요. 그런데 비비엔 씨는 올해 어떤 계획이 있어요?

비비엔　저는 다이어트를 하기로 했어요. 올해는 꼭 성공할 거예요.

　　　　그래서 친구들과 괌으로 여행을 가려고 해요.

　　　　괌에서 예쁜 비키니를 입고 멋진 사진을 많이 찍어 올 거예요.

요나단　괌요? 정말 좋겠네요. 그런데 어떻게 다이어트할 거예요?

비비엔　우선 저녁을 조금만 먹으려고 해요.

　　　　그리고 아침에는 친구와 함께 등산을 하기로 했어요.

　　　　등산을 하고 나서 오후에는 수영을 배우려고 해요.

요나단　너무 힘들지 않겠어요? 운동하고 나서 배고프다고

　　　　많이 먹으면 안 돼요. 하하.

비비엔　네. 알겠어요. 어쨌든 우리 계획대로 열심히 노력해요!

CD로 들어 보세요
詞彙及表達

01 계획 計劃

새해 [새해] 新年

토픽 시험 [토픽씨험] TOPIK考試

다이어트 [다이어트] 減肥

건강을 위하다 [건강을위하다] 為了健康

경험을 쌓다 [경허믈싸타] 累積經驗

결심 [결씸] 決心

도전하다 [도전하다] 挑戰

몇 급 [면끕] 幾級

담배를 끊다 [담배를끈타] 戒菸

일기를 쓰다 [일기를쓰다] 寫日記

계획을 세우다 [계회글세우다] 制訂計劃

하루 일과 [하루일과] 一天的事

02 여행지 旅行地

괌 [괌] 關島

방콕 [방콕] 曼谷

경복궁 [경복꿍] 景福宮

경주 [경주] 慶州

북촌 한옥마을 [북촌하녹마을] 北村韓屋村 ＊

전주 한옥마을 [전주하녹마을] 全州韓屋村 ＊

몽골 [몽골] 蒙古

인사동 [인사동] 仁寺洞

쌈지길 [쌈지낄] 三吉街

설악산 [서락싼] 雪岳山

지리산 [지리산] 智異山

＊ 隨著現代化進程的不斷推進，韓國的傳統房屋——韓屋接二連三地消失了，這給人們留下了許多遺憾。韓屋村恰恰就是能彌補這種遺憾的地方。聚集了很多韓國傳統房屋的韓屋村，充滿了濃郁的韓國傳統氛圍，形成了一道美麗的景觀。目前在韓國有三處韓屋村，分別位於首爾的北村韓屋村和南山谷韓屋村以及全羅南道全州市的全州韓屋村。

한옥

어휘와 표현

03 놀이 · 문화 遊戲 · 文化

거리 공연 [거리공연] 街頭演出

뮤지컬 [뮤지컬] 音樂劇

콘서트 [콘서트] 音樂會

노래방 [노래방] KTV

점프 [점프] JUMP *

아랑사또전 [아랑사또전] 阿娘使道傳 **

* JUMP是非語言性表演劇目，以韓國傳統的跆拳道和跆拳為基礎，既展現了東方武術將身體之美發揮到極致的高難度技巧，又融合了幽默的喜劇元素，是兩者相結合創作而成的華麗又刺激的功夫藝術。

** 二〇一二年播出的由李準基主演的電視劇，是一部圍繞人與鬼一起穿梭於陰陽兩界所展開的魔幻劇。

04 동사 動詞

달리다 [달리다] 跑

상을 받다 [상을받따] 得獎

면접을 보다 [면저블보다] 面試

김치를 썰다 [김치를썰 : 다] 切泡菜

말을 타다 [마를타다] 騎馬

쏟아지다 [쏘다지다] 撒落，傾瀉

일을 마치다 [이를마치다] 完成工作

외교관이 되다 [외교과니되다] 成為外交官

끝나다 [끈나다] 結束

영화 촬영을 하다 [영화촤령을하다] 拍攝電影

한턱내다 [한텅내다] 請客

성공하다 [성공하다] 成功

작성하다 [작썽하다] 編制

마사지를 받다 [마싸지를받따] 按摩

조깅을 하다 [조깅을하다] 慢跑

05 기타 其他

영화제 [영화제] 電影節

가득히 [가드키] 滿滿地

혼자 [혼자] 獨自一人

캅사 [캅싸] 卡布沙 ＊

초원 [초원] 草原

덕분 [덕뿐] 託福

한복 [한복] 韓服

배우 [배우] 演員

별 [별] 星星

여권 [여꿘] 護照

헐헉 [헐헉] 皓勒皓客烤肉

비키니 [비키니] 比基尼

통역 [통역] 翻譯

MOS [모스] 微軟MOS資格認證考試

＊ kabsa：葉門（阿拉伯灣）的食物。

發 / 音 / 規 / 則

「ㅎ」的發音 ㅎ弱化

/ㅎ/在響音中間時要發生響音化，發/ㅎ/與/ㅇ/中間的音。發音太弱將/ㅎ/完全脫落是不正確的發音，這點請大家注意。

방학 ⇒ [방학]
ㅇ+ㅎ+ㅏ ⇒ ㅇ+ㅎ+ㅏ

사랑해요 [사랑해요]　**문화** [문화]　**프라하** [프라하]

01 V-고 나서

情景 「我先把飯都吃了，然後喝咖啡。」這時應該說「밥을 먹고 나서 커피를 마셔요.」。「我先打掃，然後看電影。」這時應該說「저는 청소를 하고 나서 영화를 봐요.」。

說明 「V-고 나서」與「먹다（吃），청소하다（打掃）」等動詞連用，表示某動作結束後進行其他動作或發生其他情況。

밥을 먹고 나서
커피를 마셔요.

숙제를 하고 나서 TV를 봤어요.

점심을 먹고 나서 낮잠을 잘 거예요.

손을 씻고 나서 밥을 먹어요.

:: **V-고 나서** 連接方法

詞幹末音節有收音和沒有收音的動詞後面都使用「V-고 나서」。

沒有收音時+ 고 나서 말을 타다+고 나서→말을 타고 나서

有收音時+ 고 나서 상을 받다+고 나서→상을 받고 나서

활용 연습 活用練習 請在空格處填寫適當的內容。

原型	V-고 나서	原型	V-고 나서
계획을 세우다		일기를 쓰다	
경험을 쌓다		작성하다	
뮤지컬을 보다		점심을 먹다	
초원을 달리다		상을 받다	

02 V−(으)려고 하다

情景 「我想這個週末去見李準基。」這時應該說「저는 이번 주말에 이준기 씨를 만나려고 해요.」。「還沒打掃，我想一個小時後打掃。」這時應該說「1시간 후에 청소를 하려고 해요.」。

說明 「V−(으)려고 하다」與「만나다（見），청소하다（打掃）」等動詞連用，表示現在有做某事的意圖，但是該行動還未付諸實施。

1시간 후에 청소를 하려고 해요.

주말에 영화를 보려고 해요.

수업이 끝나고 나서 놀이공원에 가려고 해요.

올해부터는 담배를 끊으려고 해요.

:: **V-(으)려고 하다** 連接方法

詞幹末音節沒有收音的動詞後面用「V-려고 하다」，詞幹末音節有收音的動詞後面用「V-으려고 하다」。

沒有收音時+ 려고 하다 공연을 보다 + 려고 하다 → 공연을 보려고 하다

有收音時+ 으려고 하다 담배를 끊다 + 으려고 하다 → 담배를 끊으려고 하다

收音是「ㄷ」時→ ㄹ + 으려고 하다 공원을 걷다 + 르으려고 하다 → 공원을 걸으려고 하다

收音是「ㄹ」時→ + 려고 하다 시계를 팔다 + 려고 하다 → 시계를 팔려고 하다

收音是「ㅂ」時→ 우 + 려고 하다 휴지를 줍다 + 우려고 하다 → 휴지를 주우려고 하다

---

03 **V-기로 하다**

情景 「我這個週末見阿卜杜拉，已經和阿卜杜拉約好了。」這時應該說「저는 이번 주말에 압둘라 씨를 만나기로 했어요.」。「我從下週開始早起，我已經下決心了。」這時應該說「저는 다음 주부터 일찍 일어나기로 했어요.」。

說明 「V-기로 하다」與「만나다（見面），일어나다（起來）」等動詞連用，表示和別人約定好做某事或者自己下決心做某事。

이번 주말에 압둘라 씨를 만나기로 했어요.

주말에 친구와 같이 경주에 가기로 했어요.

오늘부터 담배를 끊기로 했어요.

내일부터 다이어트를 하기로 했어요.

:: V-기로 하다 連接方法

詞幹末音節有收音和沒有收音的動詞後面都用「V-기로 하다」。

沒有收音時+ 기로 하다 초원을 달리다+기로 하다→초원을 달리기로 하다

有收音時+ 기로 하다 이웃을 돕다+기로 하다→이웃을 돕기로 하다

활용 연습 活用練習 請在空格處填寫適當的內容。

原型	V-(으)려고 하다	原型	V-기로 하다
영화 촬영을 하다		한복을 입다	
외교관이 되다		거리 공연을 보다	
한턱내다		여권을 만들다	

01 맥주를 마시고 나서 뭐 할까요?

가 맥주를 마시고 나서 뭐 할까요?
나 맥주를 마시고 나서 노래방에 갑시다.

맥주를 마시다
노래방에 가다

영화 촬영을 하다
말을 타다

가 _____?

나 _____.

그림을 그리다
마트에 가다

가 _____?

나 _____.

일을 마치다
저녁을 먹다

가 _____?

나 _____.

운동하다
맥주를 마시다

가 _____?

나 _____.

공연이 끝나다
피자를 먹다

가 _____?

나 _____.

친구를 만나다
서점에 가다

가 _____?

나 _____.

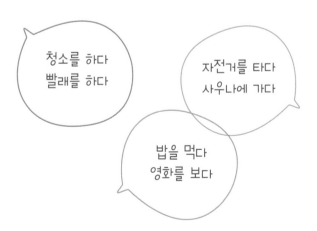

만들어 보세요.

가 _____?

나 _____.

청소를 하다
빨래를 하다

자전거를 타다
사우나에 가다

밥을 먹다
영화를 보다

02   청소하고 나서 낮잠이나 자려고 해요.

가 이번 주말에 뭐 할 거예요?

나 청소하고 나서 낮잠이나 자려고 해요.

오늘 오후
초원을 달리다
헐헉을 먹다

가 _____?

나 _____.

오늘 저녁
쇼핑하다
혼자 영화를 보다

가 _____?

나 _____.

내일
면접을 보다
명동에 가다

가 _____?

나 _____.

주말
낮잠을 자다
요리하다

가 _____?

나 _____.

| 오늘 저녁
공부를 하다
TV를 보다 | 가 _____? |
| | 나 _____. |

| 오늘 오후
숙제를 하다
목욕을 하다 | 가 _____? |
| | 나 _____. |

| | 가 _____? |
| | 나 _____. |

만들어 보세요.

주말
파마하다
친구를 만나다

오늘 저녁
공부하다
빨래하다

내일 오전
조깅을 하다
마사지를 받다

03 친구를 만나기로 했어요.

가 이번 주말에 시간이 있어요?
나 미안해요. 친구를 만나기로 했어요.

이번 주말
친구를 만나다

오늘 오후
부모님이 오시다

가 ＿＿＿＿＿＿＿＿＿＿＿＿＿＿＿＿＿＿＿＿＿？
나 ＿＿＿＿＿＿＿＿＿＿＿＿＿＿＿＿＿＿＿＿＿.

내일
시험공부를 하다

가 ＿＿＿＿＿＿＿＿＿＿＿＿＿＿＿＿＿＿＿＿＿？
나 ＿＿＿＿＿＿＿＿＿＿＿＿＿＿＿＿＿＿＿＿＿.

오늘 저녁
여자 친구랑
뮤지컬을 보다

가 ＿＿＿＿＿＿＿＿＿＿＿＿＿＿＿＿＿＿＿＿＿？
나 ＿＿＿＿＿＿＿＿＿＿＿＿＿＿＿＿＿＿＿＿＿.

만들어 보세요.

여름방학
몽골에 가다
이번 주말
영화를 보다
…

가 ＿＿＿＿＿＿＿＿＿＿＿＿＿＿＿＿＿＿＿＿＿？
나 ＿＿＿＿＿＿＿＿＿＿＿＿＿＿＿＿＿＿＿＿＿.

04　건강을 위해서 술을 끊기로 했어요.

가 새해 결심이 뭐예요?

나 건강을 위해서 술을 끊기로 했어요.

건강을 위하다
술을 끊다

너무 뚱뚱해지다
다이어트를 하다

가 _____?

나 _____.

취업을 위하다
MOS를 배우다

가 _____?

나 _____.

꿈을 위하다
열심히 공부하다

가 _____?

나 _____.

만들어 보세요.

여행을 가다
외국어를 공부하다

행복해지다
남자 친구와 결혼하다
…

가 _____?

나 _____.

듣기 연습 聽力練習

請仔細聽CD，然後回答問題。

문제 1 수파킷 씨와 친구는 주말에 무엇을 해요? 모두 쓰세요.

문제 2 수파킷 씨와 친구는 주말에 무엇을 먹어요? 모두 쓰세요.

이준기와 이야기하기 跟李準基聊天

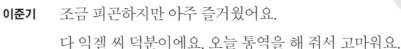

請仔細聽錄音。

익 겔 이준기 씨, 오늘 영화 촬영은 어땠어요?

이준기 조금 피곤하지만 아주 즐거웠어요.
다 익겔 씨 덕분이에요. 오늘 통역을 해 줘서 고마워요.

익 겔 뭘요. 저도 재미있었어요. 그런데 한국에 돌아가기
전에 몽골에서 뭘 하기로 했어요?

이준기 다른 배우들과 같이 초원에서 말을 타려고 해요.

익 겔 어, 이준기 씨, 말을 탈 수 있어요?

이준기 물론이죠! 드라마〈아랑사또전〉을 촬영하면서 배웠어요.

익 겔 아, 그렇군요! 저도 넓은 초원을 말을 타고 달려가고 싶어요.

이준기 어! 익겔 씨, 말을 탈 수 있어요?

익 겔 그럼요! 저는 몽골 사람이잖아요. 하하하. 그리고 초원에 누우면
하늘 가득히 쏟아지는 별들이 아주 아름다워요.

이준기 그렇군요! 그런데 익겔 씨, 몽골 음식은 뭐가 맛있어요?

익 겔 말을 타고 초원을 달리고 나서 헐헉을 먹으면 아주 맛있을 거예요.

이준기 그래요? 그럼 우리 말을 타고 나서 같이 헐헉을 먹어요.

익 겔 좋아요. 제가 맛있는 가게를 가르쳐 줄게요.

이준기 네, 고마워요.

像朋友一樣的韓國爸爸們

最近，韓國人普遍認為爸爸在孩子成長過程中的作用並不亞於媽媽，是非常重要的。因此，越來越多的爸爸們雖然平時上班而無法和孩子們一起玩，但是週末會與孩子們一起度過，陪他們運動，陪他們去遊樂園，還陪他們去吃各種美食。

或許是受此影響，最近以家庭為單位的「野營族」數量急劇增長。與家人一起去野營，在日常無法感受到的全新氛圍中，與孩子進行面對面的交流。熱衷教育的父母到了週末會拉著孩子的手一起去歷史名勝古蹟或博物館、美術館等，並為孩子講各種各樣的故事。慶幸的是，以前韓國嚴厲而可怕的爸爸，最近正在慢慢轉變為像朋友一樣的爸爸。

제주 올레길을
같이 걸어 봐요

一起走走濟州偶來小路

學習目標

情景

推薦, 推測

詞彙

旅遊地, 飲食,
感受(形容詞)

語法

V-아/어 보다
A/V-(으)ㄹ까요?
A/V-(으)ㄹ 거예요

CD로 들어 보세요

〈공항에서〉

수파킷 와! 최지영 씨, 드디어 제주도에 도착했어요!

최지영 네. 저도 정말 신 나요!

수파킷 그런데 제주도는 뭐가 유명해요?

최지영 제주도는 아름다운 바다와 한라산, 올레길이 유명해요.

　　　　그리고 제주도는 돌, 바람, 여자가 많아서 삼다도로 유명해요.

수파킷 아, 그렇군요! 그런데 최지영 씨, 배고프지 않아요?

　　　　우리 밥부터 먹으면 안 될까요?

최지영 하하하, 알겠어요. 그럼 점심부터 먹읍시다.

〈식당에서〉

수파킷 최지영 씨, 제주도는 무슨 음식이 유명해요?

최지영 유명한 음식이 많이 있지만, 그중에서도 해산물이

아주 유명해요. 수파킷 씨, 생선회랑 전복죽 먹어 봤어요?

수파킷 생선회는 먹어 봤는데 전복죽은 아직 못 먹어 봤어요.

최지영 그럼, 생선회하고 해녀들이 직접 잡은

싱싱한 전복으로 만든 전복죽을 먹읍시다.

수파킷 네, 좋아요! 그럼 해녀도 만날 수 있을까요?

최지영 글쎄요. 아마 그 식당 근처에서 만날 수 있을 거예요.

수파킷 그런데 최지영 씨, 우리 점심 먹고 나서 뭐 할 거예요?

최지영 오늘은 천천히 제주 올레길을 같이 걸어 보고

내일은 성산일출봉에 올라가 봅시다. 날씨가 좋으면

성산일출봉에서 멋진 일출을 볼 수 있을 거예요.

수파킷 정말요? 그런데 내일 날씨가 맑을까요?

최지영 글쎄요, 아마 맑을 거예요.

01 여행지 旅行地

제주도 [제주도] 濟州島

제주 올레길 [제주올레낄] 濟州偶來小路 *

하르방 [하르방] 石頭爺爺

부산 [부산] 釜山

영도다리 [영도다리] 影島大橋

도쿄 [도쿄] 東京

마이애미 [마이애미] 邁阿密

한라산 [할라산] 漢拿山

성산일출봉 [성사닐출봉] 城山日出峰

돌담 [돌담] 石牆

해운대 [해운대] 海雲台

요코하마 [요코하마] 橫濱

항구 [항구] 港口

＊「偶來」是濟州島的方言，表示從大門連接到村子入口（或大路）的非常狹窄的胡同。濟州偶來小路蜿蜒連接濟州島的人家與村落，既古樸又漂亮。偶來小路共有二十二條，是充滿魅力的徒步旅行的著名景點。在這裡，可以欣賞美麗的濟州島自然風光，也可以體驗純樸的濟州島文化。

02 형용사 形容詞

유명하다 [유명하다] 有名

즐겁다 [즐겁따] 愉快

힘들다 [힘들다] 累・吃力

파랗다 [파라타] 藍

고소하다 [고소하다] 香噴噴

여유롭다 [여유롭따] 充裕

기쁘다 [기쁘다] 高興

아름답다 [아름답따] 美麗

신기하다 [싱기하다] 新奇

다양하다 [다양하다] 多種多樣

독특하다 [독트카다] 獨特

싱싱하다 [싱싱하다] 新鮮

03 동사 動詞

자전거를 타다 [자전거를타다] 騎自行車

걸리다 [걸리다] 被掛住；卡住；花費（時間）

데이트하다 [데이트하다] 約會

한복을 입다 [한보글입따] 穿韓服

개봉하다 [개봉하다] 首映

받아들이다 [바다드리다] 接受

신 나다 [신나다] 激動，興奮

팔다 [팔다] 賣

04 음식 飲食

먹거리 [먹꺼리] 吃的東西

부산어묵 [부사너묵] 釜山魚丸

씨앗 [씨앋] 種子

호박씨 [호박씨] 南瓜籽

막걸리 [막껄리] 馬格利酒，韓國米酒

생선회 [생선회] 生魚片

전복죽 [전복쭉] 鮑魚粥

카레 [카레] 咖哩

전통차 [전통차] 傳統茶

씨앗호떡 [씨아토떡] 堅果糖餅

해바라기씨 [해바라기씨] 葵花籽

땅콩 가루 [땅콩가루] 花生粉

불고기 [불고기] 烤肉

해산물 [해산물] 海鮮

해물탕 [해물탕] 海鮮湯 ＊

＊ 從濟州島等海裡抓的各種海鮮而製成的爽口鮮湯。海鮮湯是深受很多人喜歡的食物，其中既有各種海鮮不同的味道，又有各種海鮮混在一起形成的獨特味道。

05 기타 其他

야경 [야경] 夜景

서양식 [서양식] 西式

추억 [추억] 回憶

번지점프 [번지점프] 高空彈跳 ＊

아마 [아마] 可能，或許

박물관 [방물관] 博物館

해녀 [해녀] 海女

한국적이다 [한국쩌기다] 韓國式的

옛날 [옌 : 날] 以前

분위기 [부뉘기] 氣氛

난타 [난타] 亂打

꼭 [꼭] 一定

아주 [아주] 非常

삼다도 [삼다도] 三多島

일출 [일출] 日出

도중 [도중] 途中

＊ 最近，有些韓國年輕人認為只有勇敢才能得到真愛，而相約一起去高空彈跳（bungee jumping）。

發 / 音 / 規 / 則

「ㅖ」的發音 單元音化

/ㅖ/前面是除/ㅇ, ㄹ/以外的輔音時，/ㅖ/發[ㅔ]音。

$$계획 ⇒ [게ː획]$$
$$ㄱ + ㅖ ⇒ ㄱ + ㅔ$$

시계 [시계/시게]　　**지혜** [지혜/지혜]　　**개폐** [개ː폐/개ː페]

01 V-아/어 보다

情景 「有泡菜,非常想知道泡菜辣還是不辣,所以我吃了泡菜。」這時應該說「김치를 먹어 봤어요.」。「我現在在高空彈跳台前面,非常想知道高空彈跳可怕還是不可怕。所以我跳了高空彈跳。」這時應該說「번지점프를 해 봤어요.」。

說明 「V-아/어 보다」與「먹다 (吃),하다 (做)」等動詞連用,表示想知道某行動的結果會如何,而試圖做此事或者表示講述自身經歷過的事情。

김치를
먹어 봤어요.

저는 제주도에 가 봤어요.

불고기를 먹어 봤어요.

번지점프를 해 봤어요.

한복을 입어 봤어요.

| 05 | 기타 其他 |

야경 [야경] 夜景

옛날 [옌 : 날] 以前

서양식 [서양식] 西式

분위기 [부뉘기] 氣氛

추억 [추억] 回憶

난타 [난타] 亂打

번지점프 [번지점프] 高空彈跳 *

꼭 [꼭] 一定

아마 [아마] 可能，或許

아주 [아주] 非常

박물관 [방물관] 博物館

삼다도 [삼다도] 三多島

해녀 [해녀] 海女

일출 [일출] 日出

한국적이다 [한국쩌기다] 韓國式的

도중 [도중] 途中

＊ 最近，有些韓國年輕人認為只有勇敢才能得到真愛，而相約一起去高空彈跳（bungee jumping）。

發 / 音 / 規 / 則

「ㅖ」的發音 單元音化

/ㅖ/前面是除/ㅇ, ㄹ/以外的輔音時，/ㅖ/發[ㅔ]音。

$$계획 \Rightarrow [게:획]$$
$$ㄱ+ㅖ \Rightarrow ㄱ+ㅔ$$

시계 [시계/시게]　　**지혜** [지혜/지헤]　　**개폐** [개:폐/개:페]

문법

01 V-아/어 보다

情景　「有泡菜，非常想知道泡菜辣還是不辣，所以我吃了泡菜。」這時應該說
「김치를　먹어　봤어요.」。「我現在在高空彈跳台前面，非常想知道高空
彈跳可怕還是不可怕。所以我跳了高空彈跳。」這時應該說「번지점프를
해 봤어요.」。

說明　「V-아/어 보다」與「먹다（吃），하다（做）」等動詞連用，表示想知道
某行動的結果會如何，而試圖做此事或者表示講述自身經歷過的事情。

김치를
먹어 봤어요.

저는 제주도에 가 봤어요.

불고기를 먹어 봤어요.

번지점프를 해 봤어요.

한복을 입어 봤어요.

:: V-아/어 보다 連接方法

詞幹的末音節沒有元音「ㅏ, ㅗ」的動詞後面用「V-어 보다」，詞幹的末音節有元音「ㅏ, ㅗ」的動詞後面用「V-아 보다」。

沒有元音「ㅏ, ㅗ」時+어 보다 먹다+어 보다 → 먹어 보다

有元音「ㅏ, ㅗ」時+아 보다 만나다+아 보다 → 만나 보다

以「하다」結尾時→ ~해 보다 요리하다+해 보다 → 요리해 보다

以元音「ㅣ」結尾時+어 보다→ ㅕ 보다 마시다+셔(시+어) 보다 → 마셔 보다

收音是「ㄷ」時→ ㄹ+어 보다 듣다+ㄹ어 보다 → 들어 보다

收音是「ㅂ」時→ 우+어 보다 줍다+워(우+어) 보다 → 주워 보다

활용 연습 活用練習 請在空格處填寫適當的內容。

原型	V-아/어 보셨어요?	V-아/어 봤어요	V-아/어 보세요
제주도에 가다	제주도에 가 보셨어요?	제주도에 가 봤어요.	제주도에 가 보세요.
새 의자에 앉다			
해물탕을 먹다 (드시다)			
소주를 마시다 (드시다)			
한국 신문을 읽다			
카레를 만들다			

02 A/V−(으)ㄹ까요?

情景 「有張《亂打》的海報。我還沒看過《亂打》，可是看海報不知道有沒有意思。因此我詢問朋友。」這時應該說「난타가 재미있을까요?」。「現在電視上出現了濟州島的海女。我還沒見過海女，這週去濟州島的話不知道能否見到海女，我看電視邊想。然後詢問朋友的想法。」這時應該說「제주도에 가면 해녀를 만날 수 있을까요?」。

說明 「A/V−(으)ㄹ까요?」與「재미있다（有意思），만나다（見）」等動詞和形容詞連用，表示沒做過或體驗過而不知道該動作或狀態的結果，但是看見海報等提示物而做出推測，並就此向對方詢問。

난타가
재미있을까요?

하즈키 씨가 어디에서 공부할까요?

불고기가 맛있을까요?

이번 시험이 어려울까요?

이 영화가 재미있을까요?

:: A/V-(으)ㄹ까요? 連接方法

詞幹末音節沒有收音的動詞與形容詞後面用「A/V-ㄹ까요?」，詞幹末音節有收音的動詞與形容詞後面用「A/V-을까요?」。

沒有收音時+ㄹ까요? 만나다→ 만나다+ㄹ까요?→ 만날까요?

有收音時+을까요? 재미있다→ 재미있다+을까요?→ 재미있을까요?

收音是「ㄷ」時→ ㄹ+을까요? 묻다→ 묻다+ㄹ을까요?→ 물을까요?

收音是「ㄹ」時→ㄹ+ㄹ까요? 만들다→ 만들다+ㄹ까요?→ 만들까요?

收音是「ㅂ」時→ 우+ㄹ까요? 맵다→ 맵다+울 (우+ㄹ)까요?→ 매울까요?

활용 연습 活用練習 請在空格處填寫適當的內容。

原型	A/V-(으)ㄹ까요?
그 영화가 슬프다	그 영화가 슬플까요?
삼계탕이 맛있다	
해녀를 만날 수 있다	
책을 읽다	
공부하다	
마트에서 팔다	
올레길을 걷다	
데이트가 즐겁다	

03　A/V−(으)ㄹ 거예요

情景　「有張《亂打》的海報。我還沒看過《亂打》，不過看海報感覺好像《亂打》很有意思。然後我向朋友表明我的想法。」這時應該說「난타가 재미있을 거예요.」。

「現在電視上出現了濟州島的海女。我還沒見過海女。這週要去濟州島，我邊看電視邊想可能會遇見海女。然後對朋友說出我的想法。」這時應該說「제주도에 가면 해녀를 만날 수 있을 거예요.」。

說明　「A/V−(으)ㄹ 거예요」與「재미있다（有意思），만나다（見）」等動詞和形容詞連用，表示沒做過或體驗過而不知道該動作或狀態的結果，但是看見海報等提示物而做出推測，並據此作出回答。

제주도에 가면 해녀를 만날 수 있을 거예요.

글쎄요, 아마 도서관에서 만날 수 있을 거예요.

글쎄요, 아마 돈이 많을 거예요.

글쎄요, 아마 추울 거예요.

글쎄요, 아마 바쁠 거예요.

:: A/V-(으)ㄹ 거예요 連接方法

詞幹末音節沒有收音的動詞與形容詞後面用「A/V-ㄹ 거예요」，詞幹末音節有收音的動詞與形容詞後面用「A/V-을거예요」。

沒有收音時+ㄹ 거예요 보다→ 보다+ㄹ 거예요→ 볼 거예요

有收音時+을 거예요 많다→ 많다+을 거예요→ 많을 거예요

收音是「ㄷ」時→ㄹ+을 거예요 걷다→ 걷다+ㄹ을 거예요→ 걸을 거예요

收音是「ㄹ」時→(ㄹ)+ㄹ 거예요 팔다→ 팔다+ㄹ 거예요→ 팔 거예요

收音是「ㅂ」時→우+ㄹ 거예요 춥다→ 춥다+울 (우+ㄹ) 거예요→ 추울 거예요

활용 연습 活用練習 請在空格處填寫適當的內容。

原型	A/V-(으)ㄹ 거예요
스키를 탈 수 있다	스키를 탈 수 있을 거예요.
소주를 마시다	
도중에 가다	
난타가 재미있다	
제주에서 살다	
번지점프가 무섭다	
김치가 맵다	
길을 묻다	

01 스키를 타 보셨어요?

가 스키를 타 보셨어요?

나 아니요, 못 타 봤어요.

가 그럼 스키를 한번 타 보세요. 아주 재미있어요.

스키를 타다
아주 재미있다

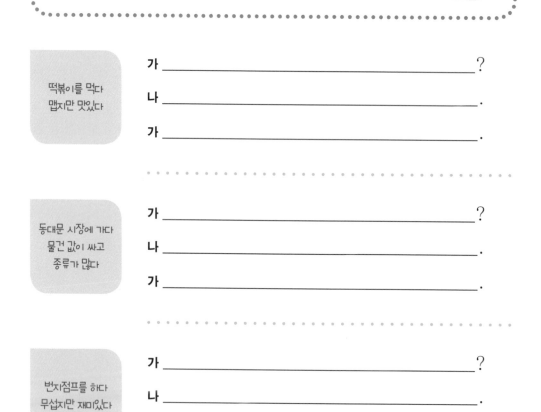

떡볶이를 먹다
맵지만 맛있다

가 _____?

나 _____.

가 _____.

동대문 시장에 가다
물건 값이 싸고
종류가 많다

가 _____?

나 _____.

가 _____.

번지점프를 하다
무섭지만 재미있다

가 _____?

나 _____.

가 _____.

會話練習。
仿照例子做練習。

김치를 만들다
힘들지만 신기하다

가 ______________________________?

나 ______________________________.

가 ______________________________.

인사동에 가다
한국적인 물건이
많고, 전통차를
마실 수 있다

가 ______________________________?

나 ______________________________.

가 ______________________________.

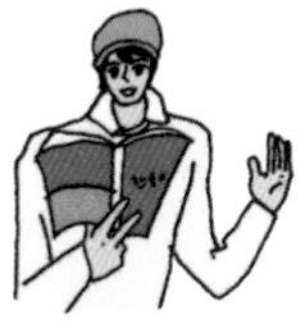

만들어 보세요.

가 ______________________________?

나 ______________________________.

가 ______________________________.

이 화장품을 쓰다
값이 싸지만
질이 좋다

제주도에 가다
경치가 아름답고
음식이 맛있다

02 아마 날씨가 추울 거예요.

가 이번 겨울은 날씨가 어떨까요?
나 글쎄요, 아마 추울 거예요.

이번 겨울, 날씨
어떻다/춥다

닭갈비 맛이
어떻다/맵다

가 _____?

나 _____.

내일 날씨
어떻다/덥다

가 _____?

나 _____.

몽골의 하늘
어떻다/파랗다

가 _____?

나 _____.

만들어 보세요.

이번 시험이
어떻다/어렵다

이번 여행이
어떻다/재미있다
...

가 _____?

나 _____.

03 아마 영화를 볼 거예요.

가 리리 씨가 지금 뭘 할까요?
나 글쎄요, 아마 영화를 볼 거예요.

리리 씨
지금 뭘 하다
영화를 보다

익겔 씨
지금 뭐 하다
자전거를 타다

가 _____?

나 _____.

이준기 씨가
나오는 영화
언제 개봉하다
다음 주에 개봉하다

가 _____?

나 _____.

우리 반 친구들
어디에서 공부하다
도서관에서 공부하다

가 _____?

나 _____.

만들어 보세요.

토린 씨
지금 어디에 있다
마이애미에 있다

최지영 씨
지금 무엇을 하다
공부를 하다
…

가 _____?

나 _____.

듣기 연습 聽力練習

請仔細聽CD，然後回答問題。

문제 다음 문장을 써 보세요.

1. 비빔밥이 _____.

2. 번지점프가 _____.

3. 막걸리가 _____.

4. 시험이 _____.

5. 이 영화가 _____.

이준기와 이야기하기 1 跟李準基聊天 1

請仔細聽錄音。

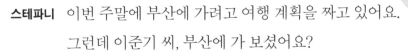

이 준 기 어! 스테파니 씨, 지금 뭐 하세요?

스테파니 이번 주말에 부산에 가려고 여행 계획을 짜고 있어요.

그런데 이준기 씨, 부산에 가 보셨어요?

이 준 기 물론이죠! 제 고향이 부산이에요.

저도 이번 주말에 부산에 가는데 같이 갈까요?

스테파니 정말요? 좋아요! 그런데 부산은 뭐가 유명해요?

이 준 기 부산은 해운대와 영도다리에서 보는 야경이 아주 유명해요.

그리고 다양한 먹거리가 있어요.

스테파니 아! 그래요? 저는 부산에 가면 맛있는 음식을 많이 먹을 거예요.

그런데 부산에서 제일 유명한 음식은 뭐예요?

이 준 기 부산은 유명한 음식이 아주 많아요.

그중에서 부산어묵하고 씨앗호떡은 꼭 드셔 보세요.

스테파니 씨앗호떡요? 씨앗호떡이 뭐예요?

이 준 기 서울에서 파는 호떡 속에는 설탕만 들어 있는데

부산의 씨앗호떡 속에는 해바라기씨, 호박씨, 땅콩 가루 등의

여러 가지 고소한 씨앗이

들어 있어요.

스테파니 그래요? 정말 맛있겠군요!

이준기와 이야기하기 2 跟李準基聊天 2

請仔細聽錄音。

이준기

안녕하세요? 저는 이준기입니다.

저는 여행을 무척 좋아해요. 그래서 오늘은 여러분께

제가 좋아하는 여행지를 소개하겠습니다.

바로 일본의 요코하마예요. 요코하마는 도쿄에서 전철로

30~40분 정도 걸리는 곳이에요. 요코하마는 항구도시여서

외국 문화를 빨리 받아들인 곳이에요. 그래서 지금도

옛날 서양식 건물이 많이 있어서 요코하마만의 독특한

분위기가 있어요. 멋진 건물들 앞에서 사진을 찍어 보세요.

좋은 추억이 될 거예요. 그리고 신기한 박물관도 있어요.

라면박물관, 카레박물관……. 재미있지요?

맛있는 라면과 카레의 역사도 알 수 있고 먹어 볼 수도 있고

선물로 사 올 수도 있어요. 꼭 가 보세요. 재미있을 거예요.

마지막으로 요코하마는 야경으로도 매우 유명해요.

요코하마의 아름다운 야경을 보면서 데이트하는

사람들이 아주 많아요.

여러분도 여자 친구, 남자 친구와 야경을

보면서 데이트를 해 보는 건 어떨까요?

아주 낭만적일 거예요.

74

읽어 보기 _{閱讀}

삼다≡多 삼무≡無의 섬, 제주

제주도는 섬이라는 지리적인 환경 속에서 고유의 민속 문화를 간직하고
있는 매력적인 곳입니다. 섬 한가운데 우뚝 솟은 한라산을 비롯해 다양한
동식물이 살고 있는 산림과 아름다운 자연 경관이 인상적인 곳이지요.
또한 제주도는 「삼다≡多」와 「삼무≡無」로 유명한 곳입니다. 「삼다」라는 것은
삼≡, 즉 세 가지가 다多, 많다는 뜻이고 「삼무」는 세 가지가 무無, 없다는
뜻입니다. 그렇다면 제주도에 많은 건 무엇이고 없는 건 무엇일까요?

제주도에 많은 것 세 가지는 바람, 돌, 여자입니다. 제주도는 태풍이 지나는
곳에 자리 잡고 있어서 바람이 아주 많이 불고 날씨의 변화도 굉장히 많은
곳입니다. 제주도 사람들은 돌담을 쌓거나 지붕을 튼튼히 만드는 등의
지혜를 발휘하여 이런 기후의 악조건을 슬기롭게 이겨 냈습니다.
또 한라산의 화산 활동으로 제주도에는 돌이 많습니다. 그래서 돌담,
돌하르방 등 멋진 제주도의 명물들이 탄생하기도 했지만, 수많은 돌들을
치우고 밭을 개간하여 생활을 해야 했기 때문에 어려움이 많았습니다.
마지막으로는 여자가 많습니다. 제주도는 섬으로, 생업이 주로 바다에 나
가 고기를 잡는 일인 만큼 바다에서 목숨을 잃는 남자들이 많았습니다.
그래서 자연히 여자가 많고 여자들도 척박한 환경 속에서 활발하게
일을 하며 생활하고 있습니다.

그럼, 제주도에 없는 세 가지는 무엇일까요?
그것은 바로 도둑, 대문, 거지입니다.

읽어 보기 閱讀

예로부터 제주도는 근면, 절약, 상부상조를 미덕으로 삼고 살았습니다.
즉 부지런하게 살고 아끼며 서로를 도왔으므로 다른 사람의 물건을 훔칠
필요도 없고, 그것을 막기 위한 대문도 필요 없었으며 구걸을 할 정도로
가난한 거지도 없었다는 이야기입니다. 물론, 지금은 현대화로 인해
옛 모습이 많이 사라졌지만, 여전히 정이 많고 여유로운 제주 사람들을
만나는 것도 제주도 여행에서 빼놓을 수 없는 재미입니다.

읽어 보기 단어 閱讀詞彙

지리적[지리적] 地理的	**환경**[환경] 環境	**민속 문화**[민송문화] 民俗文化
우뚝[우뚝] 巍然・高高地	**솟다**[솓따] 屹立	**동식물**[동싱물] 動植物
산림[살림] 山林	**자연 경관**[자연경관] 自然景觀	**인상적**[인상적] 印象深刻的
돌[돌] 石頭	**지붕**[지붕] 屋頂	**기후**[기후] 氣候
악조건[악쪼껀] 惡劣條件	**화산 활동**[화산활똥] 火山活動	**명물**[명물] 特産

탄생하다[탄생하다] 誕生	**개간하다**[개간하다] 開墾	**생업**[생업] 賴以生存的職業
척박하다[척빠카다] 貧瘠	**도둑**[도둑] 盜賊	**대문**[대문] 大門
거지[거지] 乞丐	**근면**[근면] 勤勉	**절약**[저략] 節約
상부상조[상부상조] 互相幫助	**미덕**[미덕] 美德	**훔치다**[훔치다] 偸
현대화[현대화] 現代化		

구걸을 하다[구거를하다] 乞討	**목숨을 잃다**[목쑤믈일타] 喪命
슬기롭게 이겨 내다[슬기롭께이겨내다] 巧妙戰勝	
생활을 하다[생화를하다] 生活	**어우러지다**[어우러지다] 和諧
지혜를 발휘하다[지혜를발휘하다] 發揮才智	

한국어 말하기 대회에 나가 본 적이 있어요?

參加過韓國語演講比賽嗎？

學習目標

情景
表達經驗

詞彙
地名，電影

語法
V-(으)ㄴ 적이 있다/없다
A/V-거든요
A/V-았/었거든요
A/V-(으)ㄹ 거거든요
V-(으)ㄹ 뻔하다

CD로 듣기 보세요

하즈키	여보세요? 보리스 씨, 지금 전화 받을 수 있어요?
보리스	아, 하즈키 씨, 괜찮아요. 무슨 일이에요?
하즈키	뭐 좀 물어보려고요.
	그런데 보리스 씨, 지금 뭐 하고 있었어요?
보리스	도서관에 가려고 했어요. 다음 주에 한국어 말하기 대회가
	있어서 원고를 써야 하거든요.
하즈키	보리스 씨, 한국어 말하기 대회에 나가요?
보리스	네. 제가 우리 반 대표로 나가게 되었어요.
	하즈키 씨는 한국어 말하기 대회에 나가 본 적이 있어요?

하즈키 아니요, 한국어 말하기 대회에 나가 본 적은 없지만,

한국어 글짓기 대회에 나가 본 적은 있어요.

저는 글 쓰는 걸 좋아하거든요.

보리스 글짓기 대회요? 와, 대단해요.

저는 한국어로 글 쓰는 건 아직 어려운데…….

사실 말하기 대회도 자신이 없어요.

하즈키 보리스 씨, 너무 걱정하지 마세요. 저도 너무 어려워서

도중에 포기할 뻔했지만, 선생님이 많이 가르쳐 주시고

격려해 주셔서 끝까지 할 수 있었어요.

보리스 그랬군요! 고마워요. 저도 끝까지 최선을 다할 거예요.

하즈키 네. 분명히 멋진 추억이 될 거예요. 힘내세요.

보리스 아, 하즈키 씨, 저한테 뭐 물어본다고 하지 않았어요?

하즈키 아, 맞다. 다른 얘기만 하다가 끊을 뻔했군요!

이따가 저녁에 비비엔 씨하고 요나단 씨하고 같이

영화를 볼 거거든요. 보리스 씨도 같이 갈래요?

보리스 네. 좋아요. 그럼 저녁에 만나요.

01   동사 動詞

살다[살 : 다] 活；生活‧居住

부딪히다[부디치다] 被撞

태우다[태우다] 燒焦；曬黑；使乘坐

졸다[졸 : 다] 瞌睡

다치다[다치다] 受傷

수다를 떨다[수다를떨다] 嘮叨不休

이를 닦다[이를닥따] 刷牙

하늘을 날다[하느를날다] 在天空飛

끊어지다[끄너지다] 中斷

포기하다[포 : 기하다] 放棄

지각하다[지가카다] 遲到

힘내다[힘내다] 加油

물어보다[무러보다] 詢問

미끄러지다[미끄러지다] 滑倒

데다[데다] 燙

삼키다[삼키다] 吞嚥

쏟다[쏟따] 潑撒

취재하다[취재하다] 採訪

세수하다[세수하다] 洗臉

지나가다[지나가다] 經過

발로 차다[발로차다] 用腳踢

깔리다[깔리다] 鋪滿

격려하다[경녀하다] 激勵‧鼓勵

알람이 울리다[알라미울리다] 鬧鐘響

전화를 받다[전화를받따] 接電話

깜짝 놀라다[깜짱놀라다] 嚇一跳

02   형용사 形容詞

인기가 있다[인끼가읻따] 有人氣

피곤하다[피곤하다] 疲倦

정신이 없다[정시니업따] 沒有精神

심하다[심하다] 嚴重

분주하다[분주하다] 奔波‧忙碌

어휘와 표현

큰일나다 [크닐나다] 出大事了

다행이다 [다행이다] 幸虧·萬幸

높다 [놉따] 高

대단하다 [대단하다] 了不起·厲害

귀찮다 [귀찬타] 麻煩

---

03 **부사** 副詞

하마터면 [하마터면] 差點

뻘 뻘 [뻘 뻘] 淋漓

이만 [이만] 就此

오히려 [오히려] 反而·倒是

---

04 **영화** 電影

영화 평론가 [영화평논가] 電影評論家

공포 영화 [공포영화] 恐怖電影

무술 영화 [무수령화] 功夫電影

상대 배우 [상대배우] 對手演員

감독 [감독] 導演

스태프 [스태프] 工作人員

장면 [장면] 場面·鏡頭

와이어 [와이어] 吊索（wire rope）

---

05 **지명** 地名

뉴욕 [뉴욕] 紐約

아프리카 [아프리카] 非洲

하와이 [하와이] 夏威夷

뉴질랜드 [뉴질랜드] 紐西蘭

06 기타 其他

기둥 [기둥] 柱子

동전 [동전] 硬幣

잔소리 [잔소리] 廢話・絮語

덜렁이 [덜렁이] 冒失鬼

신문사 [신문사] 報社

매트리스 [매트리스] 床墊

판소리 [판쏘리] 盤索里（韓國說唱）

한국어 글짓기 대회 [한구거글짇끼대회] 韓國語寫作比賽

한국어 말하기 대회 [한구거말하기대회] 韓國語演講比賽

치약 [치약] 牙膏

직원 [지권] 職員

안색 [안색] 臉色

혀 [혀] 舌頭

대표 [대표] 代表

버스 정류장 [버스정뉴장] 公車站

發 / 音 / 規 / 則

「ᄡ」的發音 雙收音單一化

雙收音/ᄡ/在詞尾或輔音前面時，發[ㅂ][읍]音；在以元音開頭的助詞或詞尾前面時，/ᄡ/中後面的/ㅅ/移到後面音節的輔音位置上，並發/ㅆ/[쓰]音。

$$없어요 ⇒ [업:써요]$$

$$ᄡ + ㅇ ⇒ ㅂ + ㅆ$$

없으면[업:쓰면]　　**없다**[업:따]　　**값이**[갑씨]　　**값을**[갑쓸]

01 V-(으)ㄴ 적이 있다/없다

情景 「我五年前去過布拉格。」這時應該說「저는 프라하에 가 본 적이 있어요.」。
「我一次也沒見過李準基，也沒有見面的機會。」這時應該說「저는 이준기 씨를 만난 적이 없어요.」。

說明 「V-(으)ㄴ 적이 있다/없다」與「가다（去），만나다（看見）」等動詞
連用，表示有或沒有某種經歷。「V-(으)ㄴ 적이 있다」表示做過某事；
「V-(으)ㄴ 적이 없다」表示沒做過某事。

저는 이준기 씨를
만난 적이 없어요.

스키를 타 본 적이 있어요.

한국 영화를 본 적이 있어요.

번지점프를 해 본 적이 없어요.

몽골에 가 본 적이 없어요.

:: V−(으)ㄴ 적이 있다/없다 連接方法

詞幹末音節沒有收音的動詞後面用「V−ㄴ 적이 있다」，詞幹末音節有收音的動詞後面用「V−은 적이 있다」。

沒有收音時+ ㄴ 적이 있다 공연을 보다+ㄴ 적이 있다→ 공연을 본 적이 있다

有收音時+ 은 적이 있다 호떡을 먹다+은 적이 있다→ 호떡을 먹은 적이 있다

收音是「ㄷ」時→ㄹ+은 적이 있다 소문을 듣다+ㄹ은 적이 있다→ 소문을 들은 적이 있다

收音是「ㄹ」時→ㄹ+ ㄴ 적이 있다 뉴욕에 살다+ㄴ 적이 있다→ 뉴욕에 산 적이 있다

收音是「ㅂ」時→ 우 + ㄴ 적이 있다 휴지를 줍다+운(우+ㄴ)적이 있다→휴지를 주운 적이 있다

활용 연습 活用練習 請在空格處填寫適當的內容。

原型	V−(으)ㄴ 적이 있다	V−(으)ㄴ 적이 없다
밥을 태우다		
제주도에 가다		
중국술을 마시다		
담배를 끊다		
떡볶이를 먹다		
올레길을 걷다		
김밥을 만들다		
동전을 줍다		

02 A/V-거든요, A/V-았/었거든요
A/V-(으)ㄹ 거거든요

情景 「我最近沒吃晚飯，因為我在減肥。」這時應該說「저는 요즘 저녁을 안 먹어요. 다이어트를 하거든요.」。「最近韓國電影很受歡迎，因為很有意思。」這時應該說「요즘 한국영화가 인기가 있어요. 재미있거든요.」。此外，在「새 가방을 샀거든요（買新包了）」這句話後面還可以接著說出類似「제가 들고 있는 바로 이 가방이에요（就是我拿著的這個包）」這樣的話。

說明 「A/V-거든요」與「다이어트를 하다（減肥），재미있다（有意思）」等動詞和形容詞連用，用於說明前面句子的理由或事實，並且暗示接下來還有別的話，從而引起聽者的注意。

다이어트를
하거든요.

요즘 K-POP이 인기가 있어요.
한국 가수들이 노래를 잘하거든요.

오늘부터 중국어를 공부할 거거든요.
그래서 시간이 없어요.

:: A/V－거든요 連接方法

詞幹末音節有收音和沒有收音的動詞與形容詞後面都使用「A/V－거든요」。

沒有收音時+ 거든요 사랑하다+거든요→ 사랑하거든요

有收音時+ 거든요 떡볶이가 맵다+거든요→ 떡볶이가 맵거든요

:: A/V－았/었거든요 連接方法

詞幹末音節沒有元音「ㅏ, ㅗ」的動詞和形容詞後面用「A/V－었거든요」，詞幹末音節有元音「ㅏ, ㅗ」的動詞和形容詞後面用「A/V－았거든요」。

沒有元音「ㅏ, ㅗ」時+ 었거든요 호떡을 먹다+었거든요→ 호떡을 먹었거든요

有元音「ㅏ, ㅗ」時+ 았거든요 영화를 보다+았거든요→ 영화를 봤거든요

收音是「ㄷ」時→ ㄹ+ 었거든요 1시간을 걷다+ㄹ었거든요→ 1시간을 걸었거든요

收音是「ㅂ」時→ 우+ 었거든요 맵다+웠(우+었)+거든요→ 매웠거든요

:: A/V－(으)ㄹ 거거든요 連接方法

詞幹末音節沒有收音的動詞和形容詞的後面用「A/V－ㄹ 거거든요」，詞幹末音節有收音的動詞和形容詞後面用「A/V－을 거거든요」。

沒有收音時+ ㄹ 거거든요 가다+ㄹ 거거든요→ 갈 거거든요

有收音時+ 을 거거든요 많다+ 을 거거든요→ 많을 거거든요

收音是「ㄷ」時→ ㄹ+ 을 거거든요 K-POP을 듣다+ㄹ을 거거든요
→K-POP을 들을 거거든요

收音是「ㄹ」時→ㄹ+ ㄹ 거거든요 중국에 살다+ㄹ 거거든요→ 중국에 살 거거든요

收音是「ㅂ」時→ 우+ㄹ 거거든요 춥다+울(우+ㄹ) 거거든요→ 추울 거거든요

활용 연습 活用練習 請在空格處填寫適當的內容。

原型	A/V−았/었거든요	A/V−거든요	A/V−(으)ㄹ 거거든요
여행을 가다			
공원을 걷다			
도쿄에 살다			
날씨가 춥다			
바쁘다			

03　V−(으)ㄹ 뻔하다

情景　「今天早上睡懶覺了，好像要遲到了，所以我飛奔向學校。好不容易才沒遲到。」這時應該說「늦잠을 자서 지각할 뻔했어요.」。「邊走邊看別的地方，被石頭絆住摔倒了，可是沒有受傷。」這時應該說「넘어져서 다칠 뻔했어요.」。

說明　「V−(으)ㄹ 뻔하다」與「지각하다（遲到），다치다（受傷）」等動詞連用，表示實際上沒有遲到，也沒有受傷，但是這些事情差點就發生了。

눈이 오는 날 미끄러져서 넘어질 뻔했어요.

번지점프를 하다가 무서워서 죽을 뻔했어요.

늦잠을 자서 지각할 뻔했어요.

넘어져서
다칠 뻔했어요.

:: V−(으)ㄹ 뻔하다 連接方法

詞幹末音節沒有收音的動詞後面用「V−ㄹ 뻔하다」，詞幹末音節有收音的動詞後面用「V−을 뻔하다」。

沒有收音時+ ㄹ 뻔하다 넘어지다+ㄹ 뻔하다→ 넘어질 뻔하다

沒有收音時+ 을 뻔하다 죽다+ 을 뻔하다→ 죽을 뻔하다

收音是「ㄷ」時→ ㄹ+을 뻔하다 묻다+ㄹ을 뻔하다→ 물을 뻔하다

收音是「ㄹ」時→ㄹ+ ㄹ 뻔하다 아프리카에 살다+ㄹ 뻔하다→ 아프리카에 살 뻔하다

收音是「ㅂ」時→ 우 + ㄹ 뻔하다 줍다+ 울 (우+ㄹ) 뻔하다→ 주울 뻔하다

활용 연습 活用練習　請在空格處填寫適當的內容。

原型	V−(으)ㄹ 뻔했어요	原型	V−(으)ㄹ 뻔했어요
지각하다		코를 골다	
데다		치약을 삼키다	
부딪히다		벌을 받다	

회화 연습

01 판소리를 들어 본 적이 있어요.

가 판소리를 들어 본 적이 있어요?
나 네, 판소리를 들어 본 적이 있어요.

판소리를
들어 보다 ○

한복을
입어 보다 ○

가 _____?
나 _____.

호떡을
먹어 보다 ○

가 _____?
나 _____.

번지점프를
해 보다 ○

가 _____?
나 _____.

만들어 보세요.

경주에 가 보다 ○
수영을 배우다 ○
...

가 _____?
나 _____.

가 소주를 마셔 본 적이 있어요?
나 아니요, 아직 마셔 본 적이 없어요.

이준기 씨를
만나 보다 ✕

가 _____?
나 _____.

아프리카에
가 보다 ✕

가 _____?
나 _____.

말을
타 보다 ✕

가 _____?
나 _____.

만들어 보세요.

볼링을 치다 ✕
미술관에 가 보다 ✕
...

가 _____?
나 _____.

02 백화점보다 싸거든요.

가 왜 동대문시장에서 옷을 사요?
나 백화점보다 싸거든요.

동대문시장에서 옷을 사다
백화점보다 싸다

매일 그 식당에서
밥을 먹다
맛있고 친절하다

가 _____?
나 _____.

직원들이
사장님을 싫어하다
잔소리가 심하다

가 _____?
나 _____.

스테파니 씨가
인기가 많다
예쁘고 상냥하다

가 _____?
나 _____.

만들어 보세요.

이사를 가다
집이 멀어서 귀찮다

매년 한국에 가다
싸고 음식이 맛있다
...

가 _____?
나 _____.

03 같은 학교에 다녔거든요.

가 그 친구하고 친해요?

나 네, 전에 같은 학교에 다녔거든요.

그 친구하고 친하다
전에 같은 학교에 다니다

기분이 좋아 보이는데
무슨 일이 있다
용돈을 받다

가 _____?

나 _____.

피곤해 보이는데
무슨 일이 있다
어제 잠을 못 자다

가 _____?

나 _____.

안색이 안 좋은데
무슨 일이 있다
감기에 걸리다

가 _____?

나 _____.

만들어 보세요.

어제 병원에 갔다
체하다

지금 기분이 안 좋아요
친구와 싸우다
…

가 _____?

나 _____.

04   다음 달에 결혼할 거거든요.

가 얼굴이 좋아 보이는데 무슨 일이 있어요?

나 다음 달에 결혼할 거거든요.

얼굴이 좋아 보이는데
무슨 일이 있다
다음 달에 결혼하다

요즘 왜
매일 영화를 보다
영화 평론가가 되다

가 _____ ?

나 _____ .

왜 다음 주부터
수영장에 다니기로 했다
다이어트를 하다

가 _____ ?

나 _____ .

왜 한국어를 공부하다
내년에 한국에
유학을 가다

가 _____ ?

나 _____ .

만들어 보세요.

왜 기분이 좋다
저녁에 데이트를 하다

요즘 왜 매일
도서관에 가다
내년에 대학원에 가다
...

가 _____ ?

나 _____ .

05 자동차하고 부딪힐 뻔했어요.

가 안색이 안 좋아 보이는데 무슨 일이 있어요?

나 자전거를 타고 가다가 자동차하고
부딪힐 뻔했어요.

자전거를 타고 가다
자동차하고 부딪히다

친구와 이야기하다
버스를 못 타다

가 _____?

나 _____.

공포 영화를 보다
무서워서 죽다

가 _____?

나 _____.

전화를 하면서 가다
기둥에 부딪혀서
커피를 쏟다

가 _____?

나 _____.

만들어 보세요.

뛰어가다
넘어져서 다리를
다치다

지하철에서 졸다
못 내리다
...

가 _____?

나 _____.

듣기 연습 聽力練習

CD로 들어 보세요

請仔細聽CD，然後回答問題。

문제 다음 문장을 듣고 ○, ×로 대답해 보세요.

〈**보기**〉 리리 씨는 오늘 한가했다. (×)

1. 리리 씨는 오늘 커피를 두 번 쏟았다. ( )

2. 리리 씨는 이준기 씨 팬사인회에 못 갔다. ( )

3. 리리 씨는 오늘 지나가는 사람과 부딪혔다. ( )

4. 리리 씨는 오늘 다리를 다쳤다. ( )

5. 리리 씨는 오늘 버스에서 졸았다. ( )

이준기와 이야기하기 1 跟李準基聊天 1

請仔細聽錄音。

이준기 하즈키 씨, 땀을 뻘뻘 흘리고…… 무슨 일 있어요?

하즈키 아, 오늘 아침은 정말 힘들었어요.

이준기 왜요?

하즈키 알람이 울렸는데 꺼 버려서 늦잠을 잤어요.

이준기 아이고! 지각할 뻔 했군요.

하즈키 그래서 서둘러 샤워하면서 이를 닦다가 치약을 먹을 뻔했어요.

이준기 힘든 아침이었겠네요.

하즈키 그리고 지하철을 타러 뛰어 가다가 계단에서 넘어질 뻔했어요.

이준기 저런, 다치지는 않았어요?

하즈키 네, 다행히 다치지는 않았어요. 그리고 또 있어요.

이준기 또 있어요?

하즈키 네, 지하철에서 내려서 뛰어오다가
다른 사람과 부딪혀서 하마터면 그 사람이
들고 있던 커피를 쏟을 뻔했어요.

이준기 아이고 하즈키 씨, 정말 힘들었겠네요.
여기 앉아서 좀 쉬세요.

이준기와 이야기하기 2 跟李準基聊天 2

請仔細聽錄音。

이준기

저는 무술 영화에 처음 출연했을 때 촬영장에서
죽을 뻔한 일이 있었어요. 하늘을 날아가서 상대 배우를
발로 차는 장면이었는데 와이어가 끊어져서 죽을 뻔했어요.
그래서 감독님과 스태프들도 깜짝 놀랐어요.
다행히 매트리스가 깔려 있어서 별로 다치지 않았어요.
그래서 저는 높은 곳에 올라가는 것이 정말 무서워요.
2년 전에 뉴질랜드에 갔을 때 팬들하고 같이 번지점프를
해 본 적이 있는데 역시 무서워서 죽을 뻔했어요.
사실 저는 높은 곳에 올라가는 것이 정말 무서워요.
그래서 처음에는 팬들이 번지점프 하는 것을 구경만 했어요.
그런데 팬들이 저에게 「이준기 씨도 한번 해 보세요.
보는 것보다 무섭지 않고 재미있어요.」라고 말했어요.
한참을 고민하다가 한 번 용기를 내서 해 봤는데 너무
무서워서 죽을 뻔했어요. 휴! 만약에 한 번만 더 했으면
전 죽었을 거예요. 지금도 그때 일을
생각만 해도 무서워요.

韓國的祖先——檀君爺爺

　　韓國是具有五千年悠久歷史的國家。每個國家都有關於祖先的神話，韓國的祖先就是檀君爺爺。在今天的韓國領土上最早建立的國家就是古朝鮮，而建立古朝鮮的人就是檀君爺爺。

　　檀君爺爺誕生的故事很有意思。很久以前，天上天帝桓因的兒子桓雄下凡人間，在太白山下落腳，以「弘益人間」的理念治理人間。那時，有一隻熊和一隻老虎找到了桓雄，並懇請他將牠們變身為人。於是桓雄告訴了牠們如何變成人，即分別給了牠們一把艾草和二十顆大蒜，讓牠們在洞穴中只吃這些東西，並且一百天不要照到陽光。可是老虎無法忍受這種生活，就跑出了洞穴，而熊忍到最後變成了美麗的女子。成為女人的熊與桓雄結婚生下了兒子，而這個兒子就是建立古朝鮮的檀君。因此韓國人也自稱是檀君的子孫。

제가 짐을
들어 드릴게요

我幫你拿行李吧

05

學習目標

情景

請求，拜託

詞彙

搬家，喬遷喜宴

語法

A/V-기는요
V-(으)ㄹ게요
N들

CD로 들어 보세요

〈새로 이사 간 리리의 집에서〉

리 리 이준기 씨, 와 줘서 고마워요.

이준기 고맙기는요. 당연히 와야죠. 뭐부터 도와 드릴까요?

리 리 그럼 이준기 씨, 이 상자 좀 받아 주세요.

이준기 네, 알겠습니다. 이 상자 안에 있는 옷들은 어떻게 할까요?

리 리 그 옷들은 작은방에 있는 옷장 안에 걸어 주세요.

이준기 여기 있는 커피 잔은 씻어 드릴까요?

리 리 네, 씻어서 건조대 위에 놓아 주세요.

이준기 리리 씨, 이제 정리는 다 했지요?

리 리 네, 그런데 필요한 물건이 있어서 마트에 사러 가야 해요.

이준기 그래요? 그럼 저도 같이 가서 짐을 들어 드릴게요.

리 리 정말요? 고마워요.

〈대형 마트에서〉

이준기 리리 씨, 쇼핑 카트를 가져 올게요. 여기서 조금만 기다리세요.

리 리 네, 고마워요.

　　　　(잠시 후) 이준기 씨, 이 커튼 어때요? 예쁘죠?

이준기 네, 예뻐요. 그런데 하얀색은 금방 더러워져요.

　　　　잠깐만요, 저기요! 이 커텐 다른 색깔은 없어요?

점 원 네, 손님. 분홍색이랑 연두색이 있는데 보여 드릴까요?

리 리 네, 이준기 씨, 연두색 예쁘죠?

이준기 와! 아주 예쁘네요. 그럼 이걸로 살까요?

리 리 네. 이준기 씨, 오늘 여러 가지로 고마웠어요.

이준기 뭘요! 다음에 집들이 꼭 하세요.

리 리 네, 물론이지요.

01 이사 搬家

큰방[큰방] 大房間

작은방[자근방] 小房間

거실[거 : 실] 客廳

주방[주방] 廚房

짐[짐] 行李

상자[상자] 箱子

옷장[온짱] 衣櫥·衣櫃

싱크대[싱크대] 洗滌槽·水槽

식탁[식탁] 飯桌

소파[소파] 沙發

침대[침대] 床

커피 잔[커피잔] 咖啡杯

식기세척기[식끼세척끼] 洗碗機

건조대[건조대] 瀝水架

냉장고[냉장고] 冰箱

전자레인지[전자레인지] 微波爐

선풍기[선풍기] 電風扇

커튼/커텐[커튼/커텐] 窗簾

집들이[집뜨리] 喬遷喜宴

쓰레기[쓰레기] 垃圾

02 동사 動詞

이사하다[이사하다] 搬家

걸다[걸다] 掛

씻다[씯따] 洗

들다[들다] 舉·拿·提

정리하다[정니하다] 整理

치우다[치우다] 收拾

버리다[버리다] 扔掉

한턱내다[한텅내다] 請客

입에 맞다[이베맏따] 合口味

부수다[부수다] 打碎

연락하다[열라카다] 聯繫

양보하다[양 : 보하다] 讓步

모르다[모르다] 不知道

부르다[부르다] 唱

03 형용사 形容詞

고맙다 [고맙따] 謝謝

하얗다 [하야타] 白

못생기다 [몯쌩기다] 難看‧不帥

지루하다 [지루하다] 厭煩

무겁다 [무겁따] 重

게으르다 [게으르다] 懶

필요하다 [피료하다] 需要

가난하다 [가난하다] 貧窮

한가하다 [한가하다] 悠閒

심심하다 [심심하다] 無聊

빠르다 [빠르다] 快

생생하다 [생생하다] 活生生‧新鮮

04 기타 其他

당연히 [당연히] 當然

쇼핑 카트 [쇼핑카트] 購物車

연두색 [연두색] 淺綠色

음치 [음치] 五音不全

오피스텔 [오피스텔] 商住兩用公寓 *

차 [차] 茶

인삼차 [인삼차] 人參茶

금방 [금방] 剛才；馬上

푹 [푹] 醃‧沉

마트 [마트] 超市‧賣場

분홍색 [분홍색] 粉紅色

색깔 [색깔] 顏色

근처 [근처] 附近

사이 [사이] 之間

녹차 [녹차] 綠茶

전통찻집 [전통찬집] 傳統茶館 **

여러 가지 [여러가지] 各種各樣

작품성 [작품썽] 作品性

※ 商住兩用公寓是指具備簡易居住功能的辦公室。韓國在上世紀八〇年代開始出現商住兩用公寓。這種公寓由於具備各種便利設施與完善的安保而被SOHO經營者、單身人士、夫妻等人們廣泛使用。最近不光是在大城市，在地方城市也湧現很多商住兩用公寓。

※※ 韓國最近可以說是掀起了咖啡熱潮，很多人去咖啡館享用咖啡。但是也有很多人喜歡韓國的傳統茶，而經常去仁寺洞等地方的傳統茶館喝茶。韓國的傳統茶種類繁多，並且使用天然原料製成，對身體也好，因此最近越來越多的人開始對傳統茶感興趣了。

전통차

發 / 音 / 規 / 則

「ㄹ」的發音　流音的鼻音化

收音/ㅁ, ㅇ/後面與流音/ㄹ/連用時，收音/ㅁ, ㅇ/要發鼻音/ㄴ/[느]。

$$정리 ⇒ [정니]$$
$$ㅇ+ㄹ ⇒ ㅇ+ㄴ$$

대통령[대통녕]　　**항로**[항노]　　**담력**[담녁]　　**침략**[침낙]

01 A/V-기는요

情景 「別人說『你滑雪滑得真好啊！』，我不這麼想，我認為自己滑得不好。」
這時應該說「스키를 잘 타기는요. 전혀 그렇지 않아요.」。「別人說
『你女朋友真漂亮啊！』，我不這麼想，我覺得她長得不好看。」這時應該
說「예쁘기는요. 전혀 그렇지 않아요.」。

說明 「A/V-기는요」與「잘 타다（滑得好），예쁘다（漂亮）」等動詞和形容
詞連用，表示比該動詞和形容詞所指的內容更差的情況。

스키를
잘 타기는요.

가 노래를 잘하시는군요!
나 노래를 잘하기는요. 음치인데요.

가 저 사람이 돈이 많군요!
나 돈이 많기는요. 얼마나 가난한데요.

가 도와주셔서 정말 고마워요!
나 고맙기는요. 우리는 친구잖아요.

:: A/V－기는요 連接方法

詞幹末音節有收音和沒有收音的動詞和形容詞後面都用「A/V－기는요」。

沒有收音時＋기는요 바쁘다＋기는요→ 바쁘기는요

有收音時＋기는요 잘 먹다＋기는요→ 잘 먹기는요

활용 연습 活用練習 請在空格處填寫適當的內容。

原型	A/V－기는요	原型	A/V－기는요
시험을 잘 보다		예쁘다	
잘하다		바쁘다	
많이 먹다		귀엽다	
취직하다		맛있다	
피아노를 잘 치다		고맙다	
공부를 잘하다		미안하다	
돈이 많다		괜찮다	
한가하다		행복하다	
미안하다		푹 자다	
생생하다		고집이 세다	
기분 나쁘다		기분 좋다	

02 V-(으)ㄹ게요

情景 「要買飯，不是別人而是我要去買。」這時應該說「제가 밥을 살게요.」。
「幫老師拿書，不是別人而是我要幫忙拿。」這時應該說「제가 책을 들어
드릴게요.」。

說明 「V-(으)ㄹ게요」與「사다（買），들어 드리다（拿）」等動詞連用，
表示自己要做該動作。注意不能用來表示別人的行動。

제가 책을
들어 드릴게요.

선생님, 제가 읽을게요.

저는 밥을 살게요.
리리 씨는 커피를 사세요.

제가 가방을 들어 드릴게요.

저는 쓰레기를 버려 드릴게요.

:: V−(으)ㄹ게요 連接方法

詞幹末音節沒有收音的動詞後面用「V−ㄹ게요」，詞幹末音節有收音的動詞後面用「V−을게요」。

沒有收音時+ ㄹ게요 커피를 사다+ㄹ게요→ 커피를 살게요

有收音時+ 을게요 빵을 먹다+ 을게요→ 빵을 먹을게요

收音是「ㄷ」時→ ㄹ + 을게요 공원을 걷다+ㄹ을게요→ 공원을 걸을게요

收音是「ㄹ」時→(ㄹ)+ ㄹ게요 피자를 만들다+ㄹ게요→ 피자를 만들게요

收音是「ㅂ」時 → 우 + ㄹ게요 휴지를 줍다+울(우+ㄹ)게요→ 휴지를 주울게요

활용 연습 活用練習 請在空格處填寫適當的內容。

原型	V−(으)ㄹ게요	原型	V−(으)ㄹ게요
도와주다		갈비탕을 먹다	
연락하다		신문을 읽다	
녹차를 마시다		공원을 걷다	
보여 드리다		휴지를 줍다	
창문을 열다		김치를 만들다	
한턱내다		이따가 먹다	
메일을 보내다		또 오다	
기다리다		잠깐 쉬다	

03 N들

情景 「我有很多朋友，有維維安、麗麗、喬納森、蘇帕克等。」這時應該說「친구들이　있어요.」。「我有很多書，有韓語書、中文書、日語書、歷史書、雜誌等。」這時應該說「책들이 있어요.」。

說明 「N들」用來表示複數。

책들이 있어요.

이번 방학에 친구들과 프랑스에 가기로 했어요.

광장에 사람들이 많이 있어요.

도서관에는 책들이 많아서 좋아요.

동생이 장난감들을 다 부쉈어요.

∷ N들 連接方法

末音節有收音和沒有收音的名詞後面都用「N들」。

沒有收音時+ 들 　친구＋들→친구들, 휴지＋들→휴지들

有收音時+ 들 　산＋들→산들, 사람＋들→사람들

01 잘하기는요. 아직 멀었어요.

태권도를
잘하다

가 태권도를 정말 잘하시는군요!
나 잘하기는요. 아직 멀었어요.

말을
잘 타다

가 _____!
나 _____.

노래를
잘 부르다

가 _____!
나 _____.

피아노를
잘 치다

가 _____!
나 _____.

만들어 보세요.
한국말을 잘하다
달리기가 빠르다
...

가 _____!
나 _____.

02 예쁘기는요. 얼마나 못생겼는데요.

가 딸이 예쁘지요?

나 예쁘기는요. 얼마나 못생겼는데요.

딸이 예쁘다
못생기다

부지런하다
게으르다

가 _____?

나 _____.

한국 생활이 힘들다
재미있다

가 _____?

나 _____.

요즘 바쁘다
한가하다

가 _____?

나 _____.

요리가 맛있다
맛없다

가 _____?

나 _____.

노래를 잘 부르다
못 부르다

가 _____?
나 _____.

작품성이 있다
별로다

가 _____?
나 _____.

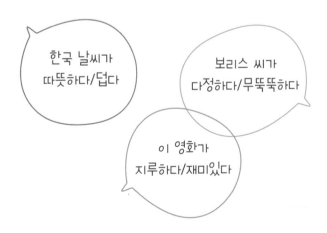

만들어 보세요.

가 _____?
나 _____.

한국 날씨가
따뜻하다/덥다

보리스 씨가
다정하다/무뚝뚝하다

이 영화가
지루하다/재미있다

회화 연습

03 제가 사진을 찍어 드릴게요.

가 누가 사진을 찍어 줄 수 있어요?

나 제가 사진을 찍어 드릴게요.

사진을
찍다

| 노래를 부르다 | 가 _____? |
| | 나 _____. |

| 창문을 닫다 | 가 _____? |
| | 나 _____. |

| 가방을 들다 | 가 _____? |
| | 나 _____. |

| 설거지를 하다 | 가 _____? |
| | 나 _____. |

. . . .

문을
열다

가 _____?

나 _____.

. . . .

자리를
양보하다

가 _____?

나 _____.

. . . .

만들어 보세요.

가 _____?

나 _____.

. . . .

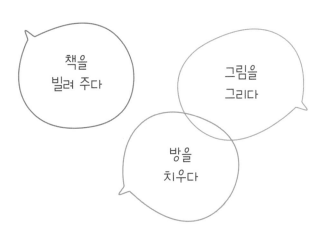

책을
빌려 주다

그림을
그리다

방을
치우다

듣기 연습 聽力練習

請仔細聽CD，然後回答問題。

문제 1 오늘은 누가 밥을 샀어요?

문제 2 왜 밥을 샀어요?

문제 3 두 사람은 어디에서 무엇을 먹었어요?

이준기와 이야기하기 跟李準基聊天

請仔細聽錄音。

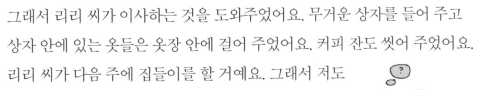

이준기

저는 오늘 영화 촬영이 없어서 심심했어요.

그래서 리리 씨가 이사하는 것을 도와주었어요. 무거운 상자를 들어 주고

상자 안에 있는 옷들은 옷장 안에 걸어 주었어요. 커피 잔도 씻어 주었어요.

리리 씨가 다음 주에 집들이를 할 거예요. 그래서 저도

집들이에 갈 거예요. 리리 씨가 맛있는 중국 음식을

만들어 주면 좋겠어요. 그런데 집들이 선물로

무엇을 사 주면 좋을까요?

리리

저는 오늘 신문사 근처에 있는 작은 오피스텔로 이사를 했어요.

이준기 씨가 도와줘서 빨리 끝났어요. 이준기 씨가 옷도 정리해 주고

무거운 짐도 들어 주었어요. 그리고 내 책들도 정리해 주었어요.

아주 고마웠어요. 그래서 다음 주말에 집들이를 할 거예요.

이준기 씨 입에 맞는 맛있는 음식을 만들어 주고 싶은데

이준기 씨는 어떤 음식을 좋아할까요?

搬新家後的祝賀聚會——喬遷喜宴

　　在韓國，搬家後要辦喬遷喜宴。喬遷喜宴是為了祝福在新家一切順利而舉辦的，是邀請附近的人們來家裡，並用美食、美酒款待他們的聚會。受邀來參加喬遷喜宴的人要送給主人特殊的禮物。送給主人能起很多泡沫的洗衣精作為禮物，祝福主人將來像越洗越多的泡沫那樣財源滾滾。送給主人衛生紙作為禮物，祝福主人的所有事情都像抽拉衛生紙那樣順利地得到解決。

　　剛結婚的新婚夫婦也要辦喬遷喜宴。舉辦宴會那天新娘是非常緊張的。因為那天是新郎的朋友或公司同事品評新娘廚藝的日子。新郎的朋友還會讓新娘唱歌，甚至會開令人討厭的玩笑。這些都會成為新婚的美好回憶吧。

너 내일 시간 있어?

你明天有時間嗎？

CD로 들어 보세요

스테파니	압둘라야! 너 내일 시간 있어?
압 둘 라	내일? 글쎄, 오전에는 친구랑 약속이 있지만
	1시 이후에는 괜찮아. 왜? 무슨 일 있어?
스테파니	아니, 며칠 전에 내가 이사를 했거든.
압 둘 라	그래? 지난번 집도 좋았는데 왜 이사했어?
스테파니	집은 좋았는데 지하철역이 너무 멀어서 좀 불편했어.
압 둘 라	아무튼 축하해. 그럼 집들이 하는 거야?
스테파니	응. 이준기 씨도 초대했으니까 같이 와.
압 둘 라	좋아. 그런데 집들이 선물로 뭐 사 줄까?

스테파니	아니야. 집들이 선물 많이 받아서 아무것도 필요 없어. 그냥 와.
압 둘 라	음, 그럼, 우리가 집들이 선물로 휴지랑 세제를 사 줄까?
스테파니	그래, 고마워.
압 둘 라	그런데 집이 어디야?
스테파니	우리 집은 광화문에 있는 용비어천가 5동 203호야.
압 둘 라	아! 광화문으로 이사했구나!
스테파니	응. 내일 꼭 와!
압 둘 라	응, 초대해 줘서 고마워. 안녕!

01 집들이 喬遷喜宴

집들이 [집뜨리] 喬遷喜宴

선물 [선물] 禮物

두루마리 휴지 [두루마리휴지] 捲筒衛生紙

세제 [세제] 洗衣精

가루비누 [가루비누] 洗衣粉

거품 [거품] 泡沫

02 동사 · 형용사 動詞 · 形容詞

이사하다 [이사하다] 搬家

초대하다 [초대하다] 招待 · 邀請

필요하다 [피료하다] 需要

필요 없다 [피료업따] 不需要

잘하다 [잘하다] 做得好 · 擅長

잘못하다 [잘모타다] 弄錯 · 失誤

외우다 [외우다] 背誦

발표하다 [발표하다] 發表

떨리다 [떨리다] 發抖

일등하다 [일뜽하다] 得第一

한턱내다 [한텅내다] 請客

한잔하다 [한잔하다] 喝一杯

청혼하다 [청혼하다] 求婚

찾아보다 [차자보다] 探訪

기대되다 [기대되다] 期待

풀리다 [풀리다] 解決

쓰다 [쓰다] 寫

연기하다 [연기하다] 演戲

불편하다 [불편하다] 不方便

편하다 [편하다] 方便

축하하다 [추카하다] 祝賀

일어나다 [이러나다] 起來

어휘와 표현

03 지명 地名

광화문 [광화문] 光化門 *　　　　홍대 [홍대] 弘大

터키 [터키] 土耳其

04 기타 其他

너 [너] 你　　　　　　　　　　　나 [나] 我

공간 [공간] 空間　　　　　　　　글쎄 [글쎄] 是呀，很難說

왜? [왜] 為什麼　　　　　　　　정말 [정말] 真的

아무튼 [아무튼] 不管怎麼說　　　아무것도 [아무걷또] 什麼也

그냥 [그냥] 只是，就那樣　　　　오디션 [오디션] 試鏡，試演

안녕 [안녕] 你好　　　　　　　　처음 [처음] 首先，第一次

술술 [술술] 順暢地，流利地　　　보글보글 [보글보글] 咕嘟咕嘟，咕嚕咕嚕

비누 거품 [비누거품] 肥皂泡泡　物論 [물론] 當然

부자 [부자] 有錢人　　　　　　　엄마 [엄마] 媽媽

화가 [화가] 畫家　　　　　　　　배우 [배우] 演員

선수 [선수] 選手・運動員　　　　무용가 [무용가] 舞蹈家

틀리다 [틀리다] 錯誤；不同　　　용비어천가 [용비어천가] 龍飛御天歌 **

＊ 光化門是位於景福宮南側的正門。光化門於一三九五年建成，歷經李氏朝鮮時代，並跨越韓國的近現代史，是韓國歷史上的地標。光化門廣場經常被用做人們休息放鬆或集會活動的場地。最近則是作為世界杯街頭助威的場地而廣為人們所知。

＊＊ 本課正文中出現的「龍飛御天歌」是商住兩用公寓的名字。但是原來的《龍飛御天歌》是訓民正音創制後最早編成的書。不僅如此，它還是李氏朝鮮時代樂章文學的代表作品，也是寶物第一四六三號文化遺產。

發 / 音 / 規 / 則

「ㅆ」的發音 響音的鼻音化

收音/ㄷ(ㅅ, ㅆ, ㅈ, ㅊ, ㅌ, ㅎ)/後面跟以/ㄴ, ㅁ/開頭的音節時，收音/ㄷ(ㅅ, ㅆ, ㅈ, ㅊ, ㅌ, ㅎ)/發/ㄴ/[은]音。

좋았은데 ⇒ [조안는데]
ㄷ(ㅅ, ㅆ, ㅈ, ㅊ, ㅌ, ㅎ) ＋ ㄴ ⇒ ㄴ ＋ ㄴ

있는데[인는데]　**받는**[반는]　**놓는**[논는]　**꽃망울**[꼰망울]

01 N 아/야

情景 「有一個朋友叫麗麗,叫這個朋友的名字。」這時應該說「리리야!」。「還有一個朋友叫志英,叫她的名字。」這時應該說「지영아!」。

說明 「N아/야」與「리리(麗麗),지영(志英)」等表示名字的名詞連用,用來稱呼說話者的朋友或弟弟、妹妹等年輕人。

지영아, 뭐 하니?

스테파니야, 내일 뭐 할 거야?

하즈키야, 일어나.

:: **N아/야** 連接方法

末音節沒有收音的名詞後面用「N야」,末音節有收音的名詞後面用「N아」。

沒有收音時+야 리리+야→리리야

有收音時+아 벤슨+아→벤슨아

활용 연습 活用練習　請在空格處填寫適當的內容。

原型	N 아/야	原型	N 아/야
리리	리리야.	로이	
지영		수파킷	수파킷아.
비비엔		준기	

02 N처럼

情景　「麗麗很會做飯。所以像媽媽。」這時應該說「리리는 엄마처럼 요리를 잘
해요.」。「鮑里斯與志英每天一起吃飯一起看電影。兩個人非常親密。所
以像戀人。」這時應該說「보리스와 지영이는 연인처럼 친해요.」。

說明　「N처럼」與「엄마（媽媽），연인（戀人）」等名詞
連用，表示不是那種情況卻像那樣。

엄마처럼
요리를 잘해요.

엄마와 나는 친구처럼 지내요.

요나단 씨는 가수처럼 노래를 잘해요.

스테파니 씨는 화가처럼 그림을 잘 그려요.

∷ **N처럼** 連接方法

末音節有收音和沒有收音的名詞後面都用「N처럼」。

沒有收音時+ 처럼 친구＋처럼→ 친구처럼

有收音時+ 처럼 연인＋처럼→ 연인처럼

활용 연습 活用練習 請在空格處填寫適當的內容。

原型	N처럼	原型	N처럼
친구	친구처럼	연인	
언니		부자	
엄마		배우	
오빠		선생님	
어린아이		선수	
무용가		전문가	

03 반말

情景 「我現在很忙。我想把這個情況告訴朋友。」這時應該說「지금 바빠.」。「我想問朋友看不看電影。」這時應該說「영화(를) 볼까?」。

說明 非敬語用於親密的朋友、弟弟妹妹、小孩子，即用於與自己年紀相同或比自己年輕的人。但是，對於在社會上遇到的人，即使與自己年紀相同或者比自己小，一般也要使用敬語。這一點請大家注意。在「영화를 볼까?」中，可以省略助詞而說成「영화 볼까?」。

스테파니야, 우리 오늘 인사동 갈까?

리리야, 시간 있으면 같이 커피 마시자.

저 사람 누구야?

이번 휴가에 파리에 갈 거야.

非敬語〈詞彙〉

格式體	非敬語
저	나
당신	너
댁	집
그렇습니까?/그래요?	그래?
그렇습니다/그래요	그래.

格式體	非敬語
네	응.
아니요	아니.
아니에요	아니야.
글쎄요?	글쎄?
정말이에요?	정말?

非敬語〈**語法**〉

格式體	非敬語(例)	格式體	非敬語(例)
A/V-(으)세요? A/V-아/어요?	A/V-아/어? A/V-니?	오늘 바쁘세요? 어디 가요?	오늘 바빠? 어디 가니?
A/V-아/어요	A/V-아/어.	빵을 먹어요	빵 먹어.
N입니까? N이에요/예요?	N(이)야?	누구입니까? 누구예요?	누구야?
N이에요/예요	N(이)야.	학생이에요	학생이야.
A/V-지요?	A/V-지?	음악이 좋지요?	음악이 좋지?
V-(으)세요	V-아/어.	들어 보세요	들어 봐.
V-지 마세요	V-지 마.	가지 마세요	가지 마.
V-(으)ㄹ까요?	V-(으)ㄹ까?	영화를 볼까요?	영화를 볼까?
V-(으)ㅂ시다	V-자.	커피 마십시다	커피 마시자.
V-(으)ㄹ 거예요?	V-(으)ㄹ 거야?	뭐 할 거예요?	뭐 할 거야?
V-(으)ㄹ 거예요	V-(으)ㄹ 거야.	수영할 거예요	수영할 거야.

활용 연습 活用練習 請在空格處填寫適當的內容。

格式體	非敬語語
어디 가요?	어디 가?
뭐 해요?	
여기가 어디예요?	
친구를 만나요	
제 친구예요	
오늘 날씨가 좋지요?	
일본 사람이지요?	
여기 앉으세요	
사진을 찍지 마세요	
담배를 피우지 마세요	
영화를 볼까요?	
피자를 먹을까요?	
부산에 갑시다	
열심히 공부합시다	
주말에 뭐 할 거예요?	
바다에 갈 거예요	

회화 연습

01 리리야, 뭐 해?

가 리리야, 뭐 해?
나 영화 봐.

리리
영화를 보다

수파킷
커피를 마시다

가 _____?
나 _____.

압둘라
스키를 타다

가 _____?
나 _____.

보리스
피자를 먹다

가 _____?
나 _____.

만들어 보세요.

비비엔
책을 읽다
하즈키
일기를 쓰다
...

가 _____?
나 _____.

02 스테파니야, 주말에 같이 영화 볼까?

가 스테파니야, 주말에 같이 영화 볼까?
나 그래, 같이 영화 보자.

스테파니 / 주말
영화를 보다

비비엔/오늘 오후
명동에 가다

가 _____?
나 _____.

앙리/주말
스키를 타다

가 _____?
나 _____.

준기/이번 휴가
터키에 가다

가 _____?
나 _____.

만들어 보세요.

지영/오늘
같이 감자탕을
먹다
…

가 _____?
나 _____.

03　지영아, 이번 방학에 뭐 할 거야?

가 지영아, 이번 방학에 뭐 할 거야?
나 나는 이번 방학에 아프리카에 갈 거야.

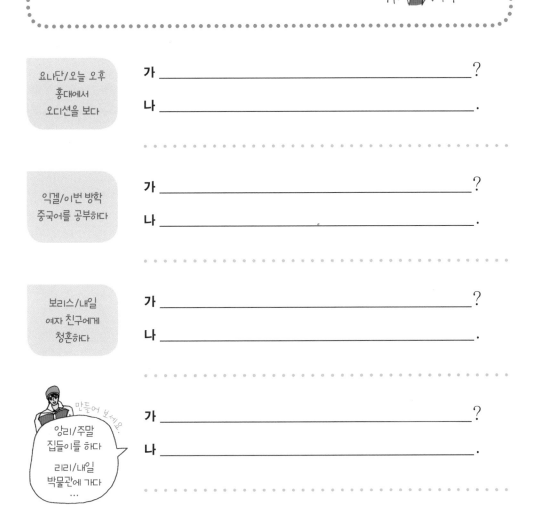

요나단/오늘 오후
홍대에서
오디션을 보다

가 ＿＿＿＿＿＿＿＿＿＿＿?
나 ＿＿＿＿＿＿＿＿＿＿＿.

익곌/이번 방학
중국어를 공부하다

가 ＿＿＿＿＿＿＿＿＿＿＿?
나 ＿＿＿＿＿＿＿＿＿＿＿.

보리스/내일
여자 친구에게
청혼하다

가 ＿＿＿＿＿＿＿＿＿＿＿?
나 ＿＿＿＿＿＿＿＿＿＿＿.

만들어 보세요.
앙리/주말
집들이를 하다
리리/내일
박물관에 가다
…

가 ＿＿＿＿＿＿＿＿＿＿＿?
나 ＿＿＿＿＿＿＿＿＿＿＿.

04 준기가 가수처럼 노래를 잘해.

가 준기가 노래를 잘해?
나 응, 가수처럼 노래를 잘해.

준기
노래하다 / 가수

| 압둘라
요리하다
요리사 | 가 _____? |
| | 나 _____. |

| 지영
태권도하다
태권도 선수 | 가 _____? |
| | 나 _____. |

| 하즈키
중국말을 하다
중국 사람 | 가 _____? |
| | 나 _____. |

| 수파킷
연기하다
배우 | 가 _____? |
| | 나 _____. |

비비엔
춤을 추다
무용가

가 _____?

나 _____.

리리
요리하다
엄마

가 _____?

나 _____.

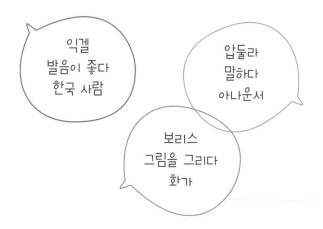

만들어 보세요.

가 _____?

나 _____.

익겔
발음이 좋다
한국 사람

압둘라
말하다
아나운서

보리스
그림을 그리다
화가

듣기 연습 聽力練習

請仔細聽CD，然後回答問題。

문제 1 두 사람은 오늘 무엇을 했어요?

① 말하기 시험　　　　② 스피치 콘테스트

③ 쓰기 시험　　　　　④ 술 약속

문제 2 두 사람 중에서 누가 더 잘했어요?

① 앙리　　　　　　　② 하즈키

③ 같아요　　　　　　④ 몰라요

문제 3 두 사람은 발표하면서 무엇이 힘들었어요?

앙　리 ＿＿＿＿＿＿＿＿＿＿＿＿＿＿＿＿＿

하즈키 ＿＿＿＿＿＿＿＿＿＿＿＿＿＿＿＿＿

이준기와 이야기하기 跟李準基聊天

請仔細聽錄音。

이준기　애들아 어서 와.

비비엔　준기야, 집들이에 초대해 줘서 고마워. 이거 받아.

이준기　아이고, 그냥 와도 되는데 뭘 이렇게 많이 사 왔어?

압둘라　우리가 한국 집들이에 처음 와 봐서 무슨 선물을 해야 좋을지 몰랐어.

비비엔　그래서 압둘라랑 나랑 인터넷을 찾아봤어.

이준기　정말? 기대되는데?

압둘라　두루마리 휴지를 선물하는 건 휴지처럼 하는 일이
　　　　　술술 잘 풀리라는 뜻이지?

비비엔　가루비누는 비누 거품처럼 앞날이 보글보글 잘 일어나라고
　　　　　선물하는 거고?

이준기　대단하다. 공부 많이 했네? 잘 쓸게. 고마워. 그럼 이제 밥 먹을까?

압둘라　준기야, 네가 요리했어?

이준기　물론이지! 열심히 만들었으니까 맛이 없어도 많이 먹어.

비비엔
압둘라　와! 맛있겠다. 잘 먹을게!

읽어 보기 閱讀

박물관 관람

한국은 약 5,000년의 역사를 가진 나라예요. 오랜 역사를 지닌 나라인 만큼 한 번쯤 박물관에 가서 한국의 역사와 문화를 경험해 보는 것은 어떨까요? 국립중앙박물관에 도착하니 다음과 같은 안내문이 있습니다. 어떤 내용일까요? 함께 읽어 봅시다.

———————————————— 안내문 ————————————————

국립중앙박물관 연중 휴관일은 1월 1일과 매주 월요일입니다.
6세 이하 어린이는 보호자를 동반하여야 합니다.

〈관람 시간〉
화·목·금요일 09:00~18:00
수·토요일 09:00~21:00
일요일·공휴일 09:00~19:00

〈야간 개장〉
매주 수·토요일 18:00~21:00 (3시간 연장)
단, 어린이박물관은 매월 마지막 주 수요일만 야간 개장합니다.
(18:00 이후는 당일 선착순 입장)

〈관람료〉 무료

〈대상〉 상설전시관, 어린이박물관, 무료 기획 전시(단, 유료 특별·기획 전시는 제외)

단, 유료로 진행되는 기획 전시와 어린이박물관은 관람권을 받아 입장해야 합니다.

유아, 노약자, 장애인은 유모차와 휠체어를 무료로 이용하실 수 있습니다.

(휠체어 10대, 유모차 65대)

유모차를 야외, 광장에서 이용하는 경우 바퀴 등에 흙이나 오염 물질이 묻거나

파손 등의 가능성이 있으니 전시관 내에서만 이용하여 주시기 바랍니다.

• 박물관의 모든 공간은 금연 구역입니다.

• 음식물 반입과 안내견 이외의 애완동물의 출입은 금지되어 있습니다.

• 전시실 입장 전에 휴대전화는 전원을 꺼 주시거나 진동으로 전환하여 주십시오.

• 전시물에 손을 대거나 손상을 입힐 수 있는 행위는 절대 삼가 주십시오.

• 플래시·삼각대 등을 이용한 촬영과 상업적 용도를 위한 촬영은 금지되어 있습니다.

• 야외 관람로에서는 자전거, 킥보드, 인라인스케이트 등을 이용할 수 없습니다.

• 슬리퍼 등 정숙한 관람을 해치는 복장은 자제하여 주시기 바랍니다.

안내문 [안내문] 布告	**국립중앙박물관** [궁닙중앙방물관] 國立中央博物館
연중 [연중] 全年	**휴관일** [휴과닐] 閉館日
어린이 [어리니] 兒童	**보호자** [보호자] 監護人
동반하다 [동반하다] 陪同	**관람** [괄람] 參觀
야간 개장 [야간개장] 夜間開放	**선착순** [선착쑨] 先後次序
관람료 [괄람뇨] 參觀費，門票	**상설** [상설] 常設
전시관 [전시관] 展館	**제외** [제외] 除外
진행되다 [진행되다] 進行	**관람권** [괄람꿘] 參觀券
입장하다 [입짱하다] 入場	**유아** [유아] 幼兒
노약자 [노약짜] 老弱人士	**장애인** [장애인] 殘疾人士
유모차 [유모차] 嬰兒車	**휠체어** [휠체어] 輪椅
이용하다 [이용하다] 利用	**야외** [야외] 野外
바퀴 [바퀴] 輪子	**흙** [흑] 泥土
오염 물질 [오염물찔] 汙染物	**파손** [파손] 破損
금연 구역 [그면구역] 禁菸區域	**가능성** [가능썽] 可能性
음식물 반입 [음싱물바닙] 帶入食品和飲料	**안내견** [안내견] 導盲犬
이외 [이외] 以外	**애완동물** [애완동물] 寵物
출입 [추립] 出入	**금지되다** [금지되다] 禁止
손을 대다 [소늘대다] 著手	**행위** [행위] 行爲
삼가다 [삼가다] 節制	**플래시** [플래시] 閃光燈
삼각대 [삼각때] 三腳架	**관람로** [괄람노] 參觀路線
정숙하다 [정수카다] 肅靜	**해치다** [해 : 치다] 有礙
복장 [복짱] 服裝	**자제하다** [자제하다] 克制
전원을 끄다 [저눠늘끄다] 關閉電源	**손상을 입히다** [손상을이피다] 受損
상업적 용도 [상업쩍용도] 商業用途	**진동으로 전환하다** [진동으로전환하다] 調成震動

찹쌀떡이랑 엿을 선물한다고 해요

聽說要送糯米糕和麥芽糖作禮物

07

學習目標

情景

轉達意見

詞彙

考試·韓文

語法

A-다고 하다
V-ㄴ/는다고 하다
N(이)라고 하다
A/V-냐고 하다
N(이)냐고 하다
V-게 하다

앙 리   비비엔 씨, 어디 가세요?

비비엔   찹쌀떡 사러 떡집에 가요.

앙 리   찹쌀떡은 왜요?

비비엔   내일 리리 씨가 토픽 시험을 보거든요. 그래서 선물로 주려고요.

앙 리   리리 씨가 찹쌀떡을 좋아해요?

비비엔   하하, 아니에요. 한국에서는 시험 보는 날 보통

             찹쌀떡이랑 엿을 선물한다고 해요.

앙 리   찹쌀떡이랑 엿은 왜요?

비비엔	시험 볼 때 찹쌀떡을 먹으면 찹쌀떡처럼
	시험에 철썩 붙을 수 있다고 해요. 엿도 잘 달라붙잖아요.
	그래서 찹쌀떡이랑 엿을 선물하는 풍습이 있다고 해요.
앙 리	그렇군요! 참! 압둘라 씨도 내일 토픽 시험 본다고 했어요.
비비엔	그래요? 시험 보는 곳이 어디냐고 전화로 물어보세요.
	리리 씨랑 같은 곳이면 우리 같이 응원하러 갑시다.
앙 리	그거 좋은 생각이에요. 그런데 찹쌀떡이랑 엿 말고
	다른 선물도 있어요?
비비엔	요즘은 휴지랑 포크를 선물하는 사람도 있어요.
앙 리	휴지랑 포크는 왜요?
비비엔	휴지를 선물하면 휴지처럼 문제가 잘 풀린다고 하고,
	포크를 주면 포크처럼 모르는 문제가 나와도 잘 찍는다고 해요.
앙 리	하하하, 아이디어들이 대단하군요!
비비엔	그렇죠? 그런데 시험 날은 미역국을 먹으면 안 돼요.
앙 리	왜요?
비비엔	미역이 미끄러우니까 시험에도 미역처럼 미끄러져서
	떨어진다는 의미가 있다고 해요.
앙 리	그렇군요! 우리도 찹쌀떡이랑 엿 사러 갑시다!

01 동사 動詞

풀리다[풀리다] 解決

붙다[붇따] 黏, 貼;(考試)及格

응원하다[응원하다] 加油, 應援

찍다[찍따] 蓋(章);選出(答案)

담다[담 : 따] 裝, 含

달라붙다[달라붇따] 黏, 貼

유행하다[유행하다] 流行

떨어지다[떠러지다] 掉落;(考試)落榜

02 형용사 形容詞

느리다[느리다] 慢

아름답다[아름답따] 美麗

자랑스럽다[자랑스럽따] 值得驕傲的, 引以自豪的

미끄럽다[미끄럽따] 光滑

복잡하다[복짜파다] 複雜

서투르다[서투르다] 不熟練

훌륭하다[훌륭하다] 優秀, 出色

소중하다[소중하다] 珍貴

충분하다[충분하다] 充分

03 시험 考試

수험표[수험표] 准考證

신분증[신분쯩] 身分證

외국인 등록증[외구긴등녹쯩] (在韓)外國人臨時身分證

OMR 답안지[오에말다반지] OMR答題紙

컴퓨터 사인펜 [컴퓨터사인펜] 電腦用簽字筆

시험 감독관 [시험감독꽌] 考試監考人　　　찹쌀떡 [찹쌀떡] 糯米糕 *

엿 [엳] 麥芽糖 *　　　　　　　　　　휴지 [휴지] 衛生紙

포크 [포크] 叉子　　　　　　　　　　미역국 [미역꾹] 海帶湯 **

관계자 [관계자] 有關人員

* 在韓國，面臨大學高考等大考時，有很多人送糯米糕和麥芽糖作為禮物。韓語中，「시험에 합격하다（考試合格）」
也可以用「시험에 붙다（上榜）」表示。這時的「붙다（考上）」與糯米糕和麥芽糖等黏糊糊的東西黏在某個地方的
「붙다（黏上）」是同音異義詞。因此，送這些東西作為禮物的寓意是「考試通過」。

** 海帶湯是韓國人非常喜愛的一種食物。一提到海帶湯，韓國人一般會想到兩種情況。一種情況是，產婦生完孩子
後調理身體時需要喝海帶湯。因此，過生日時也要喝海帶湯。海帶湯中含豐富的碘，聽說不僅對產婦的健康有好處，
而且還具備催乳的作用。另一種情況是，考試時不能喝海帶湯。這是因為海帶非常光滑，讓人聯想到考試落榜。在韓
語中，「시험에 미끄러진다（考試滑落）」就是「시험에 떨어진다（考試落榜）」的意思。

04　기타 其他

대부분 [대부분] 大部分　　　　　　　역시 [역씨] 也是，還是

사물놀이 [사물로리] 四物遊戲 *　　　별로 [별로] 不太

내용 [내 : 용] 內容　　　　　　　　한글날 [한글랄] 韓文節

원래 [월래] 原來　　　　　　　　　반면 [반 : 면] 反面

떡집 [떡찝] 年糕店　　　　　　　　풍습 [풍습] 習俗

문자 [문짜] 文字　　　　　　　　　복습 [복씁] 複習

철썩 [철썩] 緊緊（貼上）

＊ 四物遊戲是用小鑼、大鑼、中鼓、長鼓這四種打擊樂器來演奏的韓國傳統音樂。這種音樂因為本身只是用四種打擊樂器演奏，沒有旋律（曲調），所以節拍（節奏）非常明快，會讓人興奮得肩膀不禁隨之抖動。因此，四物遊戲不僅在韓國，而且在國外也取得了良好迴響。金德秀四物遊戲派作為著名的演出團體，正在全世界巡迴演出。

사물놀이

發 / 音 / 規 / 則

「ㅄ」的發音 響音的鼻音化

雙收音「ㅄ」在輔音前發「ㅂ[읍]」音。響音/ㅂ/後面與以輔音「ㄴ，ㅁ」開頭的音節連用時，發「ㅁ[므]」音。

$$없은데 \Rightarrow [엄는데]$$

$$ㅄ + ㄴ \Rightarrow ㅂ + ㄴ \Rightarrow ㅁ + ㄴ$$

없는 사람[엄는사람]　　**값만**[감만]　　**돕는데**[돔는데]

01 A-다고 하다, V-ㄴ/는다고 하다, N(이)라고 하다

情景 「天氣預報說『今天天氣寒冷』。」這時應該說「일기예보에서 오늘은 날씨가 춥다고 했어요.」。「阿卜杜拉說『中午吃了卡布沙』。」這時應該說「압둘라 씨가 점심에 캅사를 먹는다고 했어요.」。

說明 「A-다고 하다, V-ㄴ/는다고 하다, N(이)라고 하다」與「춥다 (冷), 먹다 (吃), 생일 (生日)」等形容詞、動詞、名詞連用，表示轉述他人的話語。

오늘은 날씨가
춥다고 했어요.

비비엔 씨가 오늘 바쁘다고 해요.

압둘라 씨가 신문을 읽는다고 했어요.

익겔 씨도 역시 학생이라고 했어요.

:: A-다고 하다 連接方法

詞幹末音節有收音和沒有收音的形容詞後面都用「A-다고 하다」。

沒有收音時 + 다고 하다 예쁘다 + 다고 하다 → 예쁘다고 하다

有收音時 + 다고 하다 덥다 + 다고 하다 → 덥다고 하다

:: V－ㄴ/는다고 하다 連接方法

詞幹末音節沒有收音的動詞後面用「V－ㄴ다고 하다」，詞幹末音節有收音的動詞後面用「V－는다고 하다」。

沒有收音時+ㄴ다고 하다 보다+ㄴ다고 하다→ 본다고 하다

有收音時+는다고 하다 먹다+는다고 하다→ 먹는다고 하다

收音是「ㄹ」時→ㄹ+ㄴ다고 하다 만들다+ㄴ다고 하다→ 만든다고 하다

:: A/V－았었다고 하다 連接方法

詞幹末音節沒有「ㅏ, ㅗ」的動詞和形容詞後面用「A/V－었다고 하다」，詞幹末音節有「ㅏ, ㅗ」的動詞和形容詞後面用「A/V－았다고 하다」。

沒有「ㅏ, ㅗ」時+었다고 하다 먹다+었다고 하다→ 먹었다고 하다

有「ㅏ, ㅗ」時+았다고 하다 보다+았다고 하다→ 봤다고 하다

收音是「ㄷ」時→ㄹ+었다고 하다 듣다+ㄹ었다고 하다→ 들었다고 하다

收音是「ㅂ」時→우+었다고 하다 맵다+웠(우+었)다고 하다→ 매웠다고 하다

:: N(이)라고 하다 連接方法

末音節沒有收音的名詞後面用「N라고 하다」，末音節有收音的名詞後面用「N이라고 하다」。

沒有收音時+라고 하다 친구+라고 하다→ 친구라고 하다

有收音時+이라고 하다 학생+이라고 하다→ 학생이라고 하다

:: N이었/였다고 하다 連接方法

末音節沒有收音的名詞後面用「N였다고 하다」，末音節有收音的名詞後面用
「N이었다고 하다」。

沒有收音時+ 였다고 하다 　친구＋였다고 하다→ 친구였다고 하다

有收音時+ 이었다고 하다 　학생＋이었다고 하다→ 학생이었다고 하다

활용 연습 活用練習　請在空格處填寫適當的內容。

原型	A－다고 하다	A－았/었다고 하다
예쁘다		
많다		
덥다		

原型	A－ㄴ/는다고 하다	A－았/었다고 하다
실패하다		
먹다		
팔다 .		

原型	N(이)라고 하다	N이었/였다고 하다
휴일		
관계자		
친구		

02 A/V-냐고 하다, N(이)냐고 하다

情景　「麗麗問『去哪兒啊?』。」這時應該說「리리 씨가 어디에 가냐고 했어요.」。「維維安問『明天天氣冷嗎?』。」這時應該說「비비엔 씨가 내일 날씨가 춥냐고　했어요.」。「史蒂芬妮問『這是什麼咖啡?』。」這時應該說「스테파니 씨가 이 커피가 무슨 커피냐고 했어요.」。

說明　「A/V-냐고　하다, N(이)냐고　하다」與「가다(去)，춥다(冷)，커피(咖啡)」等動詞、形容詞、名詞連用，表示轉達其他人的詢問。

이 커피가 무슨 커피냐고 했어요.

스테파니 씨가 오늘 스키를 타냐고 했어요.

수파킷 씨가 오늘이 누구 생일이냐고 했어요.

비비엔 씨가 시험을 잘 봤냐고 했어요.

:: A/V-냐고 하다 連接方法

詞幹末音節有收音和沒有收音的動詞和形容詞後面都用「A/V-냐고 하다」。

沒有收音時+ **냐고 하다**　바쁘다+냐고 하다→ 바쁘냐고 하다

有收音時+ **냐고 하다**　맵다+냐고 하다→ 맵냐고 하다

收音是「ㄹ」時→ㄹ+ **냐고 하다**　팔다+냐고 하다→ 파냐고 하다

:: A/V-았었냐고 하다 連接方法

詞幹末音節沒有「ㅏ, ㅗ」的動詞和形容詞後面用「A/V-었냐고 하다」，詞幹末音節有「ㅏ, ㅗ」的動詞和形容詞後面用「A/V-았냐고 하다」。

沒有「ㅏ, ㅗ」時＋었냐고 하다 읽다+었냐고 하다→ 읽었냐고 하다

有「ㅏ, ㅗ」時＋았냐고 하다 가다+았냐고 하다→ 갔냐고 하다

收音是「ㄷ」時→ ㄹ＋었냐고 하다 걷다+ㄹ었냐고 하다→ 걸었냐고 하다

收音是「ㅂ」時→ 우＋었냐고 하다 춥다+웠(우+었)냐고 하다→ 추웠냐고 하다

:: N(이)냐고 하다 連接方法

末音節沒有收音的名詞後面用「N냐고 하다」，末音節有收音的名詞後面用「N이냐고 하다」。

沒有收音時＋냐고 하다 부자+냐고 하다→ 부자냐고 하다

有收音時＋이냐고 하다 선생님+이냐고 하다→ 선생님이냐고 하다

:: N이었/였냐고 하다 連接方法

末音節沒有收音的名詞後面用「N였냐고 하다」，末音節有收音的名詞後面用「N이었냐고 하다」。

沒有收音時＋였냐고 하다 부자+였냐고 하다→ 부자였냐고 하다

有收音時＋이었냐고 하다 마법+이었냐고 하다→ 마법이었냐고 하다

활용 연습 活用練習 請在空格處填寫適當的內容。

原型	A-냐고 하다	A-았/었냐고 하다
바쁘다		
많다		
맵다		
친절하다		

原型	V-냐고 하다	V-았/었냐고 하다
먹다		
유행하다		
읽다		
만들다		

原型	N(이)냐고 하다	N이었/였냐고 하다
부자		
학생		
관계자		
한국어책		

문법

03 V-게 하다

情景 「老師讓麗麗寫字。」這時應該說「선생님께서 리리 씨에게 글씨를 쓰게 했어요.」。「維維安讓史蒂芬妮把這個包收起來。」這時應該說「비비엔 씨가 스테파니 씨에게 가방을 치우게 했어요.」。

說明 「V-게 하다」與「쓰다（寫）, 치우다（收拾）」等動詞連用，表示讓其他人做某件事。

리리 씨에게 글씨를 쓰게 했어요.

선생님이 학생들에게 책을 읽게 했어요.

어머니가 리리에게 청소하게 해요.

보리스 씨가 여자 친구에게 요리하게 했어요.

이준기 씨가 익겔 씨에게 사진을 찍게 했어요.

:: V－게 하다 連接方法

詞幹末音節有收音和沒有收音的動詞後面都用「V－게 하다」。

沒有收音時+ 게 하다 보다 + 게 하다→ 보게 하다

有收音時+ 게 하다 읽다 + 게 하다→ 읽게 하다

활용 연습 活用練習 請在空格處填寫適當的內容。

原型	V－게 하다
풀다	
치우다	
쓰다	
읽다	
먹다	
만들다	
듣다	
보다	
빨래하다	
일어나다	

01 지금 피자를 먹는다고 했어요.

가 최지영 씨가 뭐라고 했어요?

나 지금 피자를 먹는다고 했어요.

최지영
「저는 지금 피자를 먹어요.」

앙리
「내일 어머니
생일이라서
선물을 사야 해요.」

가 _____?

나 _____.

보리스
「지금 TV에서
사물놀이 하는 것을
보고 있어요.」

가 _____?

나 _____.

리리
「오늘 너무
추워요.」

가 _____?

나 _____.

만들어 보세요.

스테파니
「지금 공부를 해요.」
비비엔
「컴퓨터가 느려서
불편해요.」
…

가 _____?

나 _____.

02 어제 너무 바빴다고 했어요.

가 비비엔 씨가 뭐라고 했어요?
나 어제 너무 바빴다고 했어요.

비비엔
「어제 너무 바빴어요.」

익겔
「어제 명동에서
이준기 씨를
만났어요.」

가 _____?
나 _____.

보리스
「어제 술을 너무 많이
마셔서 아침에
머리가 아팠어요.」

가 _____?
나 _____.

스테파니
「어제 보리스 씨의
여자 친구를 만났는데
아주 귀여웠어요.」

가 _____?
나 _____.

만들어 보세요.

요나단
「어제 본 영화가
너무 슬펐어요.」

수파킷
「한국말이 서툴러서
처음에는 힘들었어요.」
…

가 _____?
나 _____.

03 여기가 리리 씨 집이라고 했어요.

가 리리 씨가 뭐라고 했어요?
나 여기가 리리 씨 집이라고 했어요.

하즈키
「내가 제일
좋아하는 음식은
닭갈비예요.」

가 _____?

나 _____.

압둘라
「우리 아버지는
치과 의사예요.」

가 _____?

나 _____.

익겔
「제 꿈은
한국어 선생님이에요.」

가 _____?

나 _____.

만들어 보세요.

수파킷
「제가 제일 좋아하는
과일은 수박이에요.」

최지영
「저는 한국 음식은
대부분 좋아해요.」
…

가 _____?

나 _____.

04 어제 뭐 했냐고 했어요.

가 리리 씨가 뭐라고 했어요?
나 어제 뭐 했냐고 했어요.

리리
「어제 뭐 했어요?」

이준기
「내일 집들이에
올 거예요?」

가 _____?

나 _____.

앙리
「리리 씨도
이번 방학에
프라하에 가요?」

가 _____?

나 _____.

요나단
「몽골에서
말을 탔을 때
기분이 좋았어요?」

가 _____?

나 _____.

만들어 보세요.

압둘라
「남자 친구가 있어요?」

비비엔
「한국어 책을 샀어요?」
…

가 _____?

나 _____.

05 선생님께서 리리 씨에게 큰 소리로 책을 읽게 하셨어요.

가 선생님께서 누구에게 무엇을 시켰어요'

나 선생님께서 리리 씨에게 큰 소리로 책을 읽게 하셨어요.

선생님
「리리 씨, 큰 소리로
책을 읽으세요.」

어머니
「여보,
퇴근할 때
과일을 사 오세요.」

가 _____.

나 _____.

스테파니
「보리스 씨,
담배를 끊으세요.」

가 _____.

나 _____.

의사
「수파킷 씨,
목이 아플 때에는
따뜻한 물을
많이 드세요.」

가 _____.

나 _____.

아버지
「아들아,
열심히 공부해라.」

가 _____.

나 _____.

선생님
「스테파니 씨,
내일까지
숙제를 해 오세요.」

가 _____.

나 _____.

선생님
「비비엔 씨,
매일 복습을 하세요.」

가 _____.

나 _____.

가 _____.

나 _____.

만들어 보세요.

어머니
"스테파니야,
과일을 접시에
예쁘게 담아라."

의사
"압둘라 씨,
약을 하루에
세 번 드세요."

아버지
"지영아,
책을 많이 읽어라."

듣기 연습 聽力練習

請仔細聽CD，然後回答問題。

문제 다음 문장을 듣고 ○, ×로 대답해 보세요.

〈보기〉 하즈키 씨와 요나단 씨는 지금 한국에 살고 있어요. (○)

1. 하즈키 씨와 요나단 씨는 매일 만나요. (　　)

2. 하즈키 씨는 한국 음식이 매워서 못 먹어요. (　　)

3. 요나단 씨는 한국어를 잘 못해서 걱정이지만
하즈키 씨는 걱정이 없어요. (　　)

이준기와 이야기하기 跟李準基聊天

請仔細聽錄音。

이준기　비비엔 씨, 뭘 그렇게 열심히 보고 있어요?

비비엔　인터넷으로 뉴스를 보고 있어요.

이준기　뭐 재미있는 내용이라도 있어요?

비비엔　2013년부터는 한글날이 다시 휴일이 된다고 해요.

이준기　그래요! 저도 오늘 아침 뉴스에서 봤어요.

비비엔　왜 그동안 한글날은 휴일이 아니었어요?

이준기　원래는 휴일이었는데 휴일이 너무 많다고 해서
　　　　　쉬지 않게 되었다고 해요.

비비엔　정말요? 말도 안 돼요. 저는 한국말을 배우면서 한글은 정말
　　　　　아름답고 훌륭한 글자라고 생각했어요. 한글날이 꼭 휴일이 돼서
　　　　　모두 이 날을 기억하고 기념해야 한다고 생각해요.

이준기　맞아요. 저도 그렇게 생각해요. 세종대왕이 정말 자랑스러워요.

비비엔　다른 한국 사람들은 어떻게 생각할까요?

이준기　물론 많은 사람들이 휴일이 되어야 한다고 생각해요.
　　　　　한글은 우리 모두에게 자랑스럽고
　　　　　소중한 글자니까요.
　　　　　하지만 다른 생각을 하고 있는
　　　　　사람도 있다고 해요.

비비엔　다른 생각요?

이준기　휴일이 되면 회사에 안 가도
　　　　　되고 학교에 안 가도 되니까요.

비비엔　하하하, 그렇군요!

세종대왕과 한글

세종대왕은 조선왕조 제4대 왕(재위 1418~1450년)으로 과학, 음악, 문학 등의
다양한 방면에 관심을 가진 왕이었어요. 훈민정음을 창제하고 측우기 등의
과학 기구를 제작하여 백성들의 생활에 실질적으로 도움이 되는 문화 정책을
추진했지요. 그중에 한글에 대해서 소개해 드릴게요. 한글은 세종대왕이
집현전 학자들과 뜻을 모아 1443년(세종25년)에 만들었고 1446년에 반포했어요.

한글은 처음에「훈민정음」이라고 했는데, 1913년 주시경 선생님이「한글」
이라는 이름을 만들어서 불렀다고 합니다. 10월 9일은「한글날」로 세계에
서 생일이 있는 유일한 문자예요. 훈민정음은 1997년 유네스코에 세계기록
유산으로 등록되었고, 문맹을 퇴치한 세종대왕의 공적을 기리기 위해 1990년
이후 지구촌에서 문맹
퇴치에 공이 큰 사람을 뽑아 해마다 10월 9일에「세종상」을 주고 있어요.

한글의 특징은 첫째, 배우기 쉬운 글자로 훈민정음 서문에「슬기로운 사람은
아침을 마치기도 전에 깨칠 것이요, 어리석은 이라도 열흘이면 배울 수 있다」
라고 했어요.

둘째, 발음기관의 모양을 본떠서 만든 과학적인 글자로 질서 정연하고
체계적으로 만들어졌어요. 훈민정음 해례본에서「바람 소리, 학 소리,
닭 우는 소리, 개 짓는 소리까지 무엇이든지 소리 나는 대로 글자로 쓸 수 있다」
라고 했어요.

한글 총수는 1만 2,768자로 세계에서 제일 많은 음을 가진 글자이기 때문이지요.

셋째, 한글은 독창적으로 만든 글자예요. 지구상에 있는 대부분의 글자는 오랜 세월 동안 복잡하고 많은 변화를 거쳐 오늘날의 글자가 되었거나, 아니면 일본의 가나 글자나 영어의 알파벳처럼 다른 글자를 흉내 내거나 빌린 것들이거든요.

넷째, 글자를 만든 목적, 만든 사람, 만든 때가 분명한 글자예요. 오늘날 전 세계에는 7,000여 개의 말(언어)이 있는데 이들 가운데 100여 개의 말만 글자를 가지고 있어요. 하지만 만든 목적과 만든 사람 그리고 만든 때를 알고 있는 글자는 한글 말고는 찾아볼 수 없어요.

세종대왕 [세종대왕] 世宗大王

재위 [재위] 在位

방면 [방면] 方面

창제하다 [창제하다] 創制

과학 기구 [과학끼구] 科學機構

백성 [백썽] 老百姓

정책 [정책] 政策

집현전 [지편전] 集賢殿

반포하다 [반포하다] 頒布

유일하다 [유일하다] 唯一

세계기록유산 [세계기록유산] 世界紀錄遺産

문맹 [문맹] 文盲

지구촌 [지구촌] 地球村

뽑다 [뽑따] 選拔

서문 [서문] 序言

마치다 [마치다] 完成, 結束

어리석다 [어리석따] 愚蠢, 糊塗

과학적 [과학쩍] 科學性的

질서 정연하다 [질써정연하다] 秩序井然

해례본 [해례본] 解例本

학 [학] 鶴

지구상 [지구상] 地球上

관심을 가지다 [관시믈가지다] 關注

뜻을 모으다 [뜨슬모으다] 齊心, 合心

공적을 기리다 [공저글기리다] 表彰功績

조선왕조 [조선왕조] 朝鮮王朝

과학 [과학] 科學

훈민정음 [훈민정음] 訓民正音

측우기 [츠구기] 雨量計

제작하다 [제자카다] 製作

실질적 [실찔쩍] 實際上

추진하다 [추진하다] 推進

학자 [학짜] 學者

주시경 [주시경] 周時經

유네스코 [유네스코] 聯合國敎科文組織

등록되다 [등녹뙤다] 登記

퇴치하다 [퇴치하다] 掃除, 消除

공이 크다 [공이크다] 功勞很大

해마다 [해마다] 每年

슬기롭다 [슬기롭따] 聰慧, 機智

깨치다 [깨치다] 明白

발음기관 [바름기관] 發音器官

글자 [글짜] 文字

체계적 [체계적] 系統性的

독창적 [독창적] 原創的, 獨創的

흉내를 내다 [흉내를내다] 模仿

도움이 되다 [도우미되다] 有幫助

퇴치하다 [퇴치하다] 掃除, 清除

모양을 본뜨다 [모양을본뜨다] 仿照模樣

비가 오면 김치전을 만들어 먹자고 할까요?

下雨天我們一起做泡菜餅吃好嗎？

學習目標

情景

排憂解難，訴說難言之隱

詞彙

天氣，天氣預報

語法

V-자고 하다
V-지 말자고 하다
V-(으)라고 하다
V-지 말라고 하다

CD로 들어 보세요

익 겔   요나단 씨, 내일 주말인데 남이섬에 가서 자전거 탈까요?

요나단   네, 좋아요. 그런데 요즘 장마라서 비가 올 수도 있는데…….

익 겔   잠깐만요, 그럼 인터넷으로 일기예보 좀 확인할게요.

요나단   (잠시 후) 내일 날씨가 어떻다고 해요?

익 겔   일기예보에서 연일 이어지는 장마로 폭우와 폭염이

         반복되고 있다고 해요. 현재 부산을 중심으로 천둥과

         번개를 동반한 폭우가 내리고 있고, 내일부터는 전국이

태풍「볼라벤」의 영향권에 들어가 전국적으로

천둥과 번개를 동반한 폭우가 예상된다고 해요.

그리고 위험하니까 야외 활동은 하지 말라고 했어요.

요나단 아이고, 그럼 자전거는 못 타겠군요!

익 겔 아! 장마철이라서 이번 주말도 야외 활동은 안 되겠어요.

요나단 익겔 씨, 몽골에도 여름이 되면 비가 많이 와요?

익 겔 아니요, 몽골에도 비는 오지만 한국처럼 이렇게

매일 비가 오는 장마는 없어요.

요나단 아, 그렇군요!

익 겔 아, 맞다! 한국 사람들은 비가 오는 날에는

김치전을 먹는다고 들었어요.

요나단 그래요? 그럼 최지영 씨한테 비가 오면

김치전을 만들어 먹자고 할까요?

익 겔 좋아요. 지금 전화해서 내일 시간이 있으면

우리 집에 오라고 합시다.

요나단 그거 좋은 생각이에요.

01 명사 名詞 날씨 天氣

일기예보[일기예보] 天氣預報	기후[기후] 氣候
장마[장마] 梅雨	장마철[장마철] 雨季 *
폭우[포구] 暴雨	폭염[포겸] 酷熱
폭설[폭썰] 暴雪	천둥[천둥] 雷,雷聲
번개[번개] 閃電	태풍[태풍] 颱風
볼라벤[볼라벤] 布拉萬（颱風名）	한파[한파] 寒流,寒潮
기온[기온] 氣溫	최저기온[최저기온] 最低氣溫
최고기온[최고기온] 最高氣溫	영상[영상] 零上
영하[영하] 零下	찬바람[찬바람] 冷風
체감온도[체가몬도] 體感溫度	빙판길[빙판낄] 結冰路面
사계절[사계절] 四季	습기[습끼] 濕氣

＊ 韓國的夏天從六月到八月，長時間集中下雨的那段時間被稱為梅雨季節。雨季大致上從六月底開始持續到七月。
由於一次性下很多雨會造成災害，所以韓國人為了減少水澇或山體滑坡會做出萬全應對。

02 형용사 形容詞

위험하다[위험하다] 危險	무섭다[무섭따] 可怕
어리다[어리다] 幼小	불규칙하다[불규치카다] 不規則
외롭다[외롭따] 孤單	고민이 있다[고미니읻따] 苦惱,苦悶

높다[놉따] 高   낮다[낟따] 低

고온다습하다[고온다스파다] 高溫多濕 ＊

진지하다[진지하다] 真摯，認真

＊ 韓國的四季比較分明。在每個季節，人們都能發現各不相同的自然美，還能品嘗到各種各樣的蔬菜、水果和糧食。
不過最近由於環境汙染導致氣候異常，韓國的夏天逐漸變成了高溫多濕的亞熱帶氣候。

03   동사 動詞

확인하다[화긴하다] 確認   이어지다[이어지다] 連續，連接

동반하다[동반하다] 伴隨   예상되다[예상되다] 預計

생각하다[생가카다] 認為，想   꿈을 펼치다[꾸믈펼치다] 實現夢想

용기를 내다[용기를내다] 拿出勇氣   고백하다[고배카다] 告白，表白

허락하다[허라카다] 答應，許諾   우려되다[우려되다] 擔憂

머물다[머물다] 停留   주의하다[주이하다] 注意

걸치다[걸치다] 經過   뻗다[뻗따] 伸展

안심하다[안심하다] 安心   반복되다[반복뙤다] 反覆

계속되다[계속뙤다] 繼續，持續   마음에 들다[마으메들다] 滿意

집을 팔다[지블팔다] 賣房

04 기타 其他

남이섬 [나미섬] 南怡島

중심 [중심] 中心

전국적 [전국쩍] 全國性

바깥 활동 [바까팔똥] 戶外活動

해물탕 [해물탕] 海鮮湯

지방 [지방] 地方

상태 [상태] 狀態

실내 [실래] 室內

연일 [여닐] 連日

영향권 [영향꿘] 影響範圍

야외 활동 [야외활똥] 戶外活動

김치전 [김치전] 泡菜餅

안색 [안색] 臉色

대체로 [대체로] 大致上

피해 [피해] 受損・受災

사고 [사고] 事故

發 / 音 / 規 / 則

「ㅎ+ㄱ」的發音 送氣音化

收音「ㅎ」後面與以「ㄱ, ㄷ, ㅈ」開頭的音節連用時，分別發「ㅋ, ㅌ, ㅊ[크, 트, 츠]」音。

그렇군요 ⇒ [그러쿤뇨]

ㅎ + ㄱ ⇒ ∅ + ㅋ

이렇게[이러케]   **어떻다고**[어떠타고]   **그렇지만**[그러치만]

01　V−자고 하다, V−지 말자고 하다

하즈키 씨가 오늘 저녁에는 닭갈비를 먹지 말자고 했어요.

情景　「維維安說『週末去滑雪吧』。」這時應該說「비비엔 씨가 주말에 스키를 타러 가자고 했어요.」。「葉月說『今晚別吃雞排了』。」，這時應該說「하즈키 씨가 오늘 저녁에는 닭갈비를 먹지 말자고 했어요.」。

說明　「V−자고 하다」、「V−지 말자고 하다」與「가다 (去),먹다 (吃)」等動詞連用，表示轉達其他人的建議。「−자고 하다」用於轉達某個人對自己或其他人肯定的建議。「−지 말자고 하다」用於轉達否定的建議。

최지영 씨가 주말에 김치전을 만들자고 해요.

보리스 씨가 여자 친구에게 결혼하자고 했어요.

리리 씨가 오늘 만나지 말자고 해요.

수파킷 씨가 휴가에 태국에 가지 말자고 했어요.

:: V-자고 하다 連接方法

詞幹末音節有收音和沒有收音的動詞後面都用「V-자고 하다」。

沒有收音時+ 자고 하다 보다+자고 하다→ 보자고 하다

有收音時+ 자고 하다 먹다+자고 하다→ 먹자고 하다

:: V-지 말자고 하다 連接方法

詞幹末音節有收音和沒有收音的動詞後面都用「V-지 말자고 하다」。

沒有收音時+ 지 말자고 하다 가다+지 말자고 하다→ 가지 말자고 하다

有收音時+ 지 말자고 하다 만들다+지 말자고 하다→ 만들지 말자고 하다

활용 연습 活用練習 請在空格處填寫適當的內容。

原型	V-자고 하다	V-지 말자고 하다
영화를 보다		
감자탕을 먹다		
파리에 가다		
자전거를 타다		
책을 읽다		
볼링을 치다		
결혼하다		
음악을 듣다		

02 V-(으)라고 하다, V-지 말라고 하다

선생님께서 하즈키 씨에게 떠들지 말라고 했어요.

情景 「母親對我說『早上要早起』。」這時應該說「어머니께서 일찍 일어나라고 했어요.」。「老師對葉月說『葉月，不要吵鬧』。」這時應該說「선생님께서 하즈키 씨에게 떠들지 말라고 했어요.」。

說明 「V-(으)라고 하다，V-지 말라고 하다」與「일어나다 (起來)，떠들다 (吵鬧)」等動詞連用，用於轉達命令。「V-(으)라고 하다」用於轉達某個人命令自己或其他人做某事的話語。「V-지 말라고 하다」用於轉達禁止做某事的話語。

아버지께서 저에게 한국에 가면 열심히 공부하라고 했어요.

최지영 씨가 리리 씨에게 주말에 자기 집에 오라고 했어요.

선생님께서 요나단 씨에게 창밖을 보지 말라고 했어요.

:: V-(으)라고 하다 連接方法
詞幹末音節沒有收音的動詞後面用「V-라고 하다」，詞幹末音節有收音的動詞後面用「V-으라고 하다」。

沒有收音時 + **라고 하다** 마시다 + 라고 하다 → 마시라고 하다

有收音時 + **으라고 하다** 읽다 + 으라고 하다 → 읽으라고 하다

收音是「ㄷ」時 → **ㄹ + 으라고 하다** 걷다 + ㄹ 으라고 하다 → 걸으라고 하다

收音是「ㄹ」時 + **라고 하다** 만들다 + 라고 하다 → 만들라고 하다

收音是「ㅂ」時 → **우 + 라고 하다** 줍다 + 우라고 하다 → 주우라고 하다

:: V-지 말라고 하다 連接方法

詞幹末音節有收音和沒有收音的動詞後面都用「V-지 말라고 하다」。

沒有收音時 + **지 말라고 하다** 마시다 + 지 말라고 하다 → 마시지 말라고 하다

有收音時 + **지 말라고 하다** 먹다 + 지 말라고 하다 → 먹지 말라고 하다

활용 연습 活用練習 請在空格處填寫適當的內容。

原型	V-(으)라고 하다	V-지 말라고 하다
사진을 보다		
아이스크림을 먹다		
태권도를 배우다		
결혼하다		
CD를 듣다		
집을 팔다		
휴지를 줍다		

회화 연습

01 주말에 자전거를 타자고 했어요.

가 비비엔 씨가 뭐라고 했어요?
나 주말에 자전거를 타자고 했어요.

비비엔
「주말에 자전거를 탑시다.」

앙리
「오늘 오후에
영화를 봅시다.」

가 _____?

나 _____.

익겔
「이번 휴가에
아프리카에 갑시다.」

가 _____?

나 _____.

최지영
「오늘 저녁에
해물탕을 먹읍시다.」

가 _____?

나 _____.

만들어 보세요.

스테파니
「주말에
테니스를 칩시다.」

압둘라
「무서우니까
같이 갑시다.」
…

가 _____?

나 _____.

02 이번 방학에 중국에 가지 말자고 했어요.

가 리리 씨가 뭐라고 했어요?
나 이번 방학에 중국에 가지 말자고 했어요.

리리 「이번 방학에 중국에 가지 맙시다.」

이준기
「오늘부터 술을 마시지 맙시다.」

가 _____?

나 _____.

스테파니
「담배를 피우지 맙시다.」

가 _____?

나 _____.

요나단
「우리 이제 만나지 말자.」

가 _____?

나 _____.

만들어 보세요.

최지영
「이제 싸우지 맙시다.」
보리스
「내일부터 지각을 하지 맙시다.」
…

가 _____?

나 _____.

회화 연습

03 내일 팬미팅에 오라고 했어요.

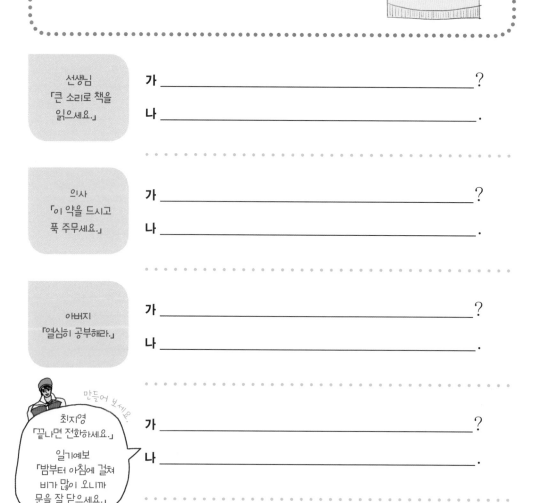

가 이준기 씨가 뭐라고 했어요?
나 내일 팬미팅에 오라고 했어요.

이준기
「내일 팬미팅에 오세요.」

선생님
「큰 소리로 책을
읽으세요.」

가 _____?
나 _____.

의사
「이 약을 드시고
푹 주무세요.」

가 _____?
나 _____.

아버지
「열심히 공부해라.」

가 _____?
나 _____.

만들어 보세요.

최지영
「끝나면 전화하세요.」

일기예보
「밤부터 아침에 걸쳐
비가 많이 오니까
문을 잘 닫으세요.」
…

가 _____?
나 _____.

04 수업 시간에 떠들지 말라고 하셨어요.

가 선생님께서 뭐라고 하셨어요?

나 수업 시간에 떠들지 말라고 하셨어요.

선생님
「수업 시간에
떠들지 마세요.」

스테파니
「담배를
피우지 마세요.」

가 _____ ?

나 _____ .

일기예보
「내일은 비가
많이 오니까
밖에 나가지 마세요.」

가 _____ ?

나 _____ .

어머니
「밤에
게임하지 마라.」

가 _____ ?

나 _____ .

만들어 보세요.

아버지
「TV를 너무 많이
보지 마라.」

비비엔
「다리를 뻗지 마세요.」
…

가 _____ ?

나 _____ .

듣기 연습 聽力練習

請仔細聽CD，然後回答問題。

문제 다음 문장을 듣고 O, ×로 대답해 보세요.

<**보기**> 비비엔 씨와 보리스 씨는 지금 기분이 아주 좋아요. (×)

1. 비비엔 씨는 결혼하고 싶은데
부모님이 허락을 안 하셔서 걱정이에요. (   )

2. 부모님은 비비엔 씨가 외국에서 혼자 사니까
걱정이 되어서 빨리 결혼하라고 하세요. (   )

3. 보리스 씨는 좋아하는 사람이 생겼는데
아직 좋아한다고 말을 못 했어요. (   )

이준기와 이야기하기 跟李準基聊天

請仔細聽錄音。

일기예보 멘트

「날씨를 알려 드리겠습니다. 연일 한파와 폭설이 계속되고 있습니다.
현재 서울을 중심으로 눈이 내리고 있고 그 밖의 지방은 대체로 맑은 상태입니다.
부산은 20년 만의 폭설로 예상하지 못한 피해가 우려되고 있습니다.
내일도 전국적으로 많은 눈이 내리겠습니다. 아침 기온 서울 영하 13도, 대전 영하 7도,
부산은 영하 5도가 되겠습니다. 낮 기온은 서울 영하 6도, 부산 3도에 머물겠습니다.
찬바람 때문에 체감온도는 더 낮겠습니다. 내일은 바깥 활동보다는 실내에서
따뜻하게 지내시고, 빙판길 사고 주의하시기 바랍니다.」

비비엔 어! 또 눈이 오네요!

이준기 진짜 추워요. 지금 한 영하 20도쯤 되겠지요?

비비엔 글쎄요. 오늘 아침 일기예보에서는 최저기온이 영하 10도이고
낮 최고기온은 영하 3도라고 했어요.

이준기 정말? 눈이 오면 보리스 씨가 스키를 타러 가자고 했는데
날씨가 너무 추워서 걱정이에요.

비비엔 그래도 내일 주말인데 같이 가자고 할까요?

이준기 좋아요. 지금 전화해서 내일 시간이 있냐고 물어 봅시다.

비비엔 그거 좋은 생각이에요.

韓國的春夏秋冬

韓國春夏秋冬四季分明。三月、四月、五月是春天。春天百花齊放，萬物復甦，到處充滿生機。在韓國，學期都是從三月開始的。春天天氣經常會突然變冷，這就是所謂的「倒春寒」。

六月、七月、八月是夏天。夏天到處綠意盎然。從六月末開始到七月中旬是雨季，有些地方會遭遇洪澇災害。雨季結束後，天氣會變得非常炎熱。

九月、十月、十一月是秋天。穀物在春天播種，在夏天生長，在秋天結出果實。因此，秋天也被稱為「收穫的季節」。特別的是，韓國的秋天秋高氣爽，晴空萬裡無雲。

十二月、一月、二月是寒冷的冬天。冬天也是跨越年末和年初的季節。韓國冬天也會出現「三寒四暖」現象，即寒冷天氣持續三天後，接下來四天就會比較溫暖。

但是，近年來隨著全球氣溫異常變化的出現，在四季分明的韓國，春天和秋天有逐漸變短的趨勢，這令人非常惋惜。

쌈밥을 먹을 줄 알아요?

你吃包飯嗎？

09

學習目標

情景
製作韓國食物

詞彙
料理，理髮店

語法
V는 법
A-게
V-(으)ㄹ 줄 알다/모르다

최지영 보리스 씨가 한국에 온 지 두 달이 지났지요?

이제 한국 음식은 입에 맞아요?

보리스 네, 처음에는 한국 음식이 너무 매워서 잘 못 먹었는데

지금은 정말 좋아해요.

최지영 보리스 씨는 한국 음식 중에서 뭐가 제일 좋아요?

보리스 삼겹살, 감자탕, 불고기…… 다 좋아하는데

아직도 못 먹어 본 음식이 많아요.

최지영 그래요? 그럼, 보리스 씨, 오늘 점심은 쌈밥이 어때요?

쌈밥을 먹을 줄 알아요?

보리스   쌈밥요? 아직 안 먹어봤어요. 궁금한데요?

최지영   그럼 오늘은 쌈밥을 먹으러 가요.

보리스   네, 좋아요!

〈쌈밥집에서〉

최지영   보리스 씨, 제가 쌈밥을 맛있게 먹는 법을 가르쳐 드릴게요.

보리스   어! 쌈밥은 먹는 법이 따로 있어요?

최지영   그럼요. 우선 쌈밥을 먹을 때는 손을 많이 사용하니까
         손을 깨끗하게 닦으세요.

보리스   와, 손으로 먹는다고요? 다 닦았어요. 그 다음에는요?

최지영   그다음에는 상추를 손바닥 위에 잘 펴세요.
         그리고 그 위에 밥, 고기, 채소를 적당히 넣고 쌈장을 얹어서
         예쁘게 싸서 먹으면 돼요.

보리스   아, 싸서 먹는 밥이라서 쌈밥이군요! 재미있는 이름인데요?

최지영   그런데 너무 크게 싸면 한입에 안 들어가요.

보리스   괜찮아요. 아주 맛있어요.
         고기와 채소와 쌈장이 정말 잘 어울려요.

최지영   보리스 씨의 입에 맞아서 다행이에요.

CD로 들어 보세요
詞彙及表達

01 요리 재료 食材

콩[콩] 黃豆	양파[양파] 洋葱
파[파] 葱	마늘[마늘] 蒜
간장[간장] 醬油	설탕[설탕] 白糖
깨소금[깨소금] 芝麻鹽	참기름[참기름] 香油
후추[후추] 胡椒	육수[육쑤] 肉湯
햄[햄] 火腿	식용유[시굥뉴] 食用油
계란[계란/게란] 雞蛋	

02 동사 動詞

볶다[복따] 炒	닦다[닥따] 擦
땋다[따 : 타] 編	자르다[자르다] 截斷，剪
다지다[다지다] 弄碎	썰다[썰다] 切
넣다[너 : 타] 放入	섞다[석따] 攪拌
주무르다[주무르다] 揉捏	끓이다[끄리다] 煮
익다[익따] 成熟，（燒）熱	얹다[언따] 放
맡기다[맏끼다] 存放	준비하다[준비하다] 準備
두르다[두르다] 圍	싸다[싸다] 包
일으키다[이르키다] 引起	움직이다[움지기다] 活動，移動

어휘와 표현

03 형용사 形容詞

곱다[곱따] 細

둥글다[둥글다] 圓

좁다[좁따] 窄

짧다[짤따] 短

굵다[국따] 粗

공정하다[공정하다] 公正

잘다[잘다] 細小

넓다[널따] 寬

길다[길다] 長

가늘다[가늘다] 細

아깝다[아깝따] 可惜

04 미용실 美容院，理髮店

미용실[미용실] 美容院，理髮店

앞머리[암머리] 前面的頭髮（瀏海）

뒷머리[뒨머리] 後面的頭髮

단발머리[단발머리] 短髮

머릿결[머릳결] 頭髮

숱을 치다[수틀치다] 打薄頭髮

드라이기[드라이기] 吹風機

염색하다[염새카다] 染色

올리다[올리다] 盤起（頭髮）

미용사[미용사] 美髮師，理髮師

옆머리[염머리] 兩邊的頭髮

헤어스타일[헤어스타일] 髮型

숏커트[숃커트] 剪短

파마하다[파마하다] 燙髮

드라이하다[드라이하다] 吹乾

머리를 말리다[머리를말리다] 吹乾頭髮

다듬다[다듬따] 刷，梳，整理（頭髮）

05 기타 其他

입에 맞다 [이베맏따] 合胃口　　　제일 [제일] 最，第一

쌈밥 [쌈밥] 包飯，飯糰　　　쌈장 [쌈장] 包飯醬

상추 [상추] 生菜　　　따로 [따로] 另外

유리 [유리] 玻璃　　　큰 술 [큰술] 大勺

작은 술 [자근술] 小勺　　　그릇 [그른] 碗

프라이팬 [프라이팬] 平底煎鍋　　　접시 [접씨] 碟子

우선 [우선] 首先　　　먼저 [먼저] 首先

완성 [완성] 完成　　　문자를 보내다 [문짜를보내다] 發短信

장구를 치다 [장구를치다] 打長鼓　　　드럼을 치다 [드러믈치다] 打洋鼓

發 / 音 / 規 / 則

「(으)ㄹ+ㅈ」的發音 緊音化

動詞和形容詞的活用形「(으)ㄹ」後面與以「ㄱ, ㄷ, ㅂ, ㅅ, ㅈ」開頭的音節連用時，「ㄱ, ㄷ, ㅂ, ㅅ, ㅈ」要變成緊音「ㄲ, ㄸ, ㅃ, ㅆ, ㅉ[끄, 뜨, 쁘, 쓰, 쯔]」。

만들 줄 아세요 ⇒ [만들쭈라세요]

(으)ㄹ+ㅈ ⇒ (으)ㄹ+ㅉ

먹을 줄 알아요[머글쭈아라요] **볶을 줄 몰라요**[보끌쭐몰라요] **갈 줄 몰랐어요**[갈쭐몰라써요]

01　V-는 법

情景　「怎麼彈鋼琴？用手指按鋼琴鍵盤嗎？」這時應該說「피아노를 치는 법」。
　　　「怎麼駕駛？從右向左轉方向盤嗎？」這時應該說「운전하는 법」。

說明　「V-는 법」與「피아노를 치다（彈鋼琴），운전하다（駕駛）」等動詞
　　　連用，表示做該動作的方法。

피아노를 치는 법

피아노 치는 법을 가르쳐 주세요.

불고기 만드는 법을 알아요?

한국의 지하철 타는 법은 간단해요.

:: V-는 법 連接方法

詞幹末音節有收音和沒有收音的動詞後面都用「V-는 법」。

沒有收音時+는 법　요리하다+는 법→요리하는 법

有收音時+는 법　볶다+는 법→볶는 법

收音是「ㄹ」時→ㄹ+는 법　만들다+는 법→만드는 법

05　기타 其他

입에 맞다[이베맏따] 合胃口

제일[제일] 最，第一

쌈밥[쌈밥] 包飯，飯糰

쌈장[쌈장] 包飯醬

상추[상추] 生菜

따로[따로] 另外

유리[유리] 玻璃

큰 술[큰술] 大勺

작은 술[자근술] 小勺

그릇[그를] 碗

프라이팬[프라이팬] 平底煎鍋

접시[접씨] 碟子

우선[우선] 首先

먼저[먼저] 首先

완성[완성] 完成

문자를 보내다[문짜를보내다] 發短信

장구를 치다[장구를치다] 打長鼓

드럼을 치다[드러믈치다] 打洋鼓

發 / 音 / 規 / 則

「(으)ㄹ+ㅈ」的發音 緊音化

動詞和形容詞的活用形「(으)ㄹ」後面與以「ㄱ, ㄷ, ㅂ, ㅅ, ㅈ」開頭的音節連用時，「ㄱ, ㄷ, ㅂ, ㅅ, ㅈ」要變成緊音「ㄲ, ㄸ, ㅃ, ㅆ, ㅉ[끄, 뜨, 쁘, 쓰, 쯔]」。

만들 줄 아세요 ⇒ [만들쭈라세요]
(으)ㄹ+ㅈ ⇒ (으)ㄹ+ㅉ

먹을 줄 알아요[머글쭈아라요] **볶을 줄 몰라요**[보끌쭐몰라요] **갈 줄 몰랐어요**[갈쭐몰라써요]

01 V-는 법

情景　「怎麼彈鋼琴？用手指按鋼琴鍵盤嗎？」這時應該說「피아노를 치는 법」。
　　　「怎麼駕駛？從右向左轉方向盤嗎？」這時應該說「운전하는 법」。

說明　「V-는 법」與「피아노를 치다（彈鋼琴），운전하다（駕駛）」等動詞
　　　連用，表示做該動作的方法。

피아노를 치는 법

피아노 치는 법을 가르쳐 주세요.

불고기 만드는 법을 알아요?

한국의 지하철 타는 법은 간단해요.

:: V-는 법 連接方法

詞幹末音節有收音和沒有收音的動詞後面都用「V-는 법」。

沒有收音時+는 법　요리하다+는 법→요리하는 법

有收音時+는 법　볶다+는 법→볶는 법

收音是「ㄹ」時→ㄹ+는 법　만들다+는 법→만드는 법

활용 연습 活用練習 請在空格處填寫適當的內容。

原型	V-는 법	原型	V-는 법
볼링을 치다		머리를 땋다	
한글을 쓰다		태국어를 읽다	
자르다		김치를 만들다	
유리를 닦다		게를 먹다	
된장찌개를 끓이다		잘게 다지다	
부산에 가다		바이올린을 켜다	

02 A-게

情景 「我現在頭髮長了。可是我想剪短髮,所以我去了理髮店。」這時應該對理髮師說「짧게 잘라 주세요.」。「媽媽在做烤肉。我想吃好吃的烤肉。」這時應該對媽媽說「맛있게 만들어 주세요.」。

說明 「A-게」與「짧다(短),맛있다(好吃)」等形容詞連用,像副詞那樣用來修飾動詞,表示如何做某動作。

짧게 잘라 주세요.

머리를 짧게 잘랐어요.

케이크를 예쁘게 만들었어요.

방을 깨끗하게 치웠어요.

∷ A-게 連接方法

詞幹末音節有收音和沒有收音的形容詞後面都用「A-게」。

沒有收音時+게 예쁘<del>다</del>+게 → 예쁘게

有收音時+게 짧<del>다</del>+게 → 짧게

활용 연습 活用練習 請在空格處填寫適當的內容。

原型	A-게	原型	A-게
크다		곱다	
작다		잘다	
둥글다		길다	
넓다		짧다	
가늘다		굵다	

03 V-(으)ㄹ 줄 알다/모르다

情景 「有鋼琴。我小時候學過鋼琴。所以我會彈鋼琴。」這時
應該說「저는 피아노를 칠 줄 알아요.」。「有汽車，
但是我沒有駕照。我不知道如何讓車前進後退。」這時
應該說「저는 운전할 줄 몰라요.」。

저는
운전할 줄
몰라요.

說明 「V-(으)ㄹ 줄 알다, V-(으)ㄹ 줄 모르다」與「피아
노를 치다 (彈鋼琴)，운전하다 (駕駛)」等動詞連
用，表示知道或不知道做該動作的方法。

한글을 쓸 줄 알아요.

혼자서 할 줄 알아요.

중국어를 할 줄 몰라요.

김치를 만들 줄 몰라요.

:: V-(으)ㄹ 줄 알다/모르다 連接方法

詞幹末音節沒有收音的動詞後面用「V-ㄹ 줄 알다/모르다」，詞幹末音節有收音的動詞後面用「V-을 줄 알다/모르다」。

沒有收音時+ ㄹ 줄 알다/모르다 　타다+ㄹ 줄 알다→탈 줄 알다

有收音時+ 을 줄 알다/모르다 　먹다+을 줄 알다→먹을 줄 알다

收音是「ㄷ」時→ ㄹ +을 줄 알다/모르다 　듣다+ㄹ을 줄 알다→들을 줄 알다

收音是「ㄹ」時→ ㄹ +ㄹ 줄 알다/모르다 　만들다+ㄹ 줄 알다→만들 줄 알다

收音是「ㅂ」時→ 우 +ㄹ 줄 알다/모르다 　줍다+울 (우+ㄹ) 줄 알다→주울 줄 알다

활용 연습 活用練習　請在空格處填寫適當的內容。

原型	V-(으)ㄹ 줄 알다	V-(으)ㄹ 줄 모르다
피아노를 치다		
하모니카를 불다		
바이올린을 켜다		
스키를 타다		
된장찌개를 끓이다		
영어를 하다		
한자를 쓰다		

01　스키 타는 법 좀 가르쳐 주세요.

> 가 스키 타는 법 좀 가르쳐 주세요.
> 나 네, 좋아요. 가르쳐 줄게요.

스키 / 타다

| 피아노
치다 | 가 _____ . |
| | 나 _____ . |

| 문자
보내다 | 가 _____ . |
| | 나 _____ . |

| 김치
만들다 | 가 _____ . |
| | 나 _____ . |

만들어 보세요.

불고기/만들다
하모니카/불다
볼링/치다
…

가 _____ .
나 _____ .

02 앞머리를 예쁘게 잘라 주세요.

미용사 손님, 어떻게 해 드릴까요?

비비엔 앞머리를 예쁘게 잘라 주세요.

뒷머리
깨끗하다/자르다

가 _____?

나 _____.

옆머리
짧다/자르다

가 _____?

나 _____.

가늘다
파마하다

가 _____?

나 _____.

굵다
파마하다

가 _____?

나 _____.

노랗다
염색하다

가 _____?

나 _____.

가볍다
숱을 치다

가 _____?

나 _____.

만들어 보세요.

가 _____?

나 _____.

깨끗하다
다듬다

시원하다
올리다

밝다
염색하다

03 드럼을 칠 줄 아세요?

가 드럼을 칠 줄 아세요?
나 네, 칠 줄 알아요.

드럼을 치다

하모니카를 불다 ○

가 _____?
나 _____.

태권도를 하다 ○

가 _____?
나 _____.

장구를 치다 ○

가 _____?
나 _____.

만들어 보세요.

운전하다 ○
바이올린을 켜다 ○
...

가 _____?
나 _____.

자전거를 타다 ✕

가 자전거를 탈 줄 아세요?
나 아니요, 탈 줄 몰라요.

태국어를 읽다 ✕

가 _____?
나 _____.

수영하다 ✕

가 _____?
나 _____.

닭갈비를 만들다 ✕

가 _____?
나 _____.

만들어 보세요.

테니스를 치다 ✕
한자를 쓰다 ✕
...

가 _____?
나 _____.

듣기 연습 聽力練習

請仔細聽CD，然後回答問題。

문제 이 사람은 어떤 헤어스타일을 했어요?

① 숏커트

② 긴머리
굵은 파마

③ 단발머리
드라이 파마

이준기와 이야기하기 跟李準基聊天

請仔細聽錄音。

이준기　하즈키 씨, 한국 음식 중에서 뭘 제일 좋아해요?

하즈키　음, 닭갈비하고 김치볶음밥을 아주 좋아해요.

이준기　아! 저도 닭갈비하고 햄을 넣은 김치볶음밥을 좋아해요.

하즈키　그럼 이준기 씨, 김치볶음밥을 만들 줄 아세요?

이준기　물론이죠! 김치볶음밥은 저에게 맡겨 주세요.

하즈키　정말요? 그럼 어떻게 만드는지 좀 가르쳐 줄 수 있어요?

이준기　네, 좋아요. 우선 김치볶음밥을 만드는 데는 잘 익은
　　　　　김치를 준비하는 것이 중요해요.

하즈키　아! 김치는 잘 익은 것을 준비해야 하는군요!

이준기　네, 그리고 밥 2그릇과 햄 1개, 양파 1개, 식용유 2큰 술,
　　　　　참기름 1큰 술 그리고 계란 3개가 필요해요.

이준기와 이야기하기 跟李準基聊天

하즈키　아! 참기름과 계란도 필요하군요!

이준기　우선 김치를 잘게 썰고, 햄과 양파도 1cm 길이로
　　　　잘게 썰어 주세요.
　　　　그리고 식용유를 두른 프라이팬에 양파와 햄을 넣고
　　　　3분간 볶다가 김치를 넣고 볶으세요.

하즈키　양파와 햄 그리고 김치를 넣고 먼저 볶는군요!

이준기　네, 거기에 밥 2그릇을 넣고 다시 5분간 볶아서 접시에 담고
　　　　계란프라이를 얹으면 맛있는 김치볶음밥 완성이에요.

하즈키　와! 맛있을 것 같아요.
　　　　이준기 씨, 정말 김치볶음밥을 잘 만드는군요!

이준기　물론이죠!

김치볶음밥 만들기

◆ 3인분 재료 ◆
익은 김치 300그램, 밥 2그릇, 햄 1개, 양파 ½개
식용유 2큰 술, 참기름 1큰 술, 계란 3개

◆ 만드는 법 ◆
❶ 익은 김치를 잘게 썬다.
❷ 양파와 햄은 1cm길이로 잘게 썬다.
❸ 프라이팬에 양파와 햄을 넣고
　 3분간 볶다가 ①의 김치를 넣고 볶는다.
❹ 밥 2그릇을 넣고 5분간 볶는다.
❺ 접시에 담고 계란프라이를 얹는다.

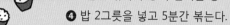

읽어 보기 閱讀

사설을 읽어봅시다

조용필과 싸이가 일으킨 창조적 문화 신드롬

「가왕」 조용필과 「한류의 아이콘」 싸이가 시대의 문화 파워로 우뚝 섰다.
국내외 음악 산업의 주인공이 되면서 대한민국의 창조적인 문화 현상을
선도하고 있다. 국민들은 조용필의 「바운스 바운스」를 읊조리며 마음을
다스리고, 세계인들은 싸이의 「알랑가몰라 왜 쌔끈하게 해야 하는 건지」를
따라 부르며 시건방춤을 춘다. 특정 세대나 장르를 극복한 두 가수의 성공을
통해 노래 한 곡에 담긴 무한한 상상력과 문화적 저력을 실감케 한다.

조용필은 지난 3일 신곡 「바운스」로 23년 만에 지상파 방송 음악 프로그램
인 KBS 2TV 〈뮤직뱅크〉의 「K(케이) 차트」에서 1위를 차지했다. MBC TV
〈쇼! 음악중심〉에서도 1위에 올랐다. 미국 음악 전문 매체 빌보드는
「조용필은 한국 가요계의 살아 있는 전설, 한국의 마이클 잭슨」이라는
칼럼을 게재했다. 조용필의 「1등」은 음원·음반 차트 외에 시청자 선호도와
방송 횟수 등 다양한 방식을 통해 선정된 1등이라는 점에서 조용필 신드롬의
징표이다. 그는 아이돌 위주의 수익 구조인 가요 생태계에서 「가왕의 전설」을
벗어버리고 10~20대도 공감하는 젊은 감각과 개방적인 장인 정신으로
시대의 변화를 적극 수용했다.

시대의 성찰을 담은 조용필의 노래와 달리 싸이의 노래는 19금 코드인
선정적인 동영상과 풍자 가득한 가사 때문에 폭발적 인기를 누리고 있다.
싸이는 지난 3일 미국 NBC TV 간판 프로그램인 〈투데이 쇼〉에 출연해

읽어 보기 閲讀

뉴욕 록펠러광장에서 신곡 「젠틀맨」 과 「강남스타일」 을 공연한 뒤
「대한민국 만세」 를 외쳤다. 6일 ABC TV에 출연한 후 9일에는
하버드대 초청 특별강연회를 갖는 등 일정이 바쁘다. 「젠틀맨」 은 유튜브
최단 기간(4일) 1억뷰 돌파에 이어 3억뷰를 맞고, 최다 조회 「강남스타일」 은
15억뷰를 넘었다.

조용필과 싸이 현상은 이들이 각종 음원·음반 차트를 휩쓸면서
극대화되고 있다. 그러나 이들의 장인 정신을 신한류 문화 산업으로
이어가기가 쉽지만은 않다. 이를 위해 우선 문화 전파를 위한 마케팅
전략이 조직적이고 정교해야 한다. 대형 기획사 위주에서 탈피해 중소 문화
콘텐츠 사업자들을 지원하는 정책 수립도 아쉽다. 또한 곡당 다운로드
가격이 빠른 시일 내에 인상되고, 불법 다운로드에 대한 처벌이
이루어져야 한다. 현재 곡당 다운로드 가격은 미국 약 1,440원,
일본 약 2,280원인데 한국은 105원이다. 아울러 연예인을 위한 공정한
계약이 뒤따라야 한다. 스타는 하늘에서 뚝 떨어지는 게 아니다.

_2013년 5월 5일 경향신문 오피니언 사설

창조적[창조적] 創造性

가왕[가 : 왕] 歌王

우뚝[우뚝] 高高地，巍然

음악 산업[으막싸넙] 音樂產業

선도하다[선도하다] 先導，引導

- - - - - - - - - -

특정[특쩡] 特定

장르[장르] 體裁

상상력[상상녁] 想像力

실감하다[실감하다] 倍感

차트[차트] 排行榜

- - - - - - - - - -

매체[매체] 媒體

전설[전설] 傳說

게재하다[게재하다] 刊登

음반[음반] 唱片

선호도[선호도] 偏好度

- - - - - - - - - -

방식[방식] 方式

징표[징표] 特徵

젊다[점 : 따] 年輕

장인 정신[장인정신] 匠人精神

위주[위주] 為主

- - - - - - - - - -

생태계[생태계] 生態界

성찰[성찰] 反省

19금[십꾸금] 19禁，18歲以下禁止觀看

선정적[선정적] 煽情的

풍자[풍자] 諷刺

신드롬[신드롬] 綜合症

시대[시대] 時代

국내외[궁내외] 國內外

문화 현상[문화현상] 文化現象

읊조리다[읍쪼리다] 吟誦

- - - - - - - - - -

세대[세대] 一代，世代

무한하다[무한하다] 無限

저력[저력] 潛力

지상파 방송[지상파방송] 電視廣播

차지하다[차지하다] 占據

- - - - - - - - - -

가요계[가요계] 歌壇

칼럼[칼럼] 專欄，論壇

음원[으뭔] 音源

시청자[시청자] 觀眾，聽眾

횟수[획쑤] 次數

- - - - - - - - - -

선정되다[선정되다] 選定

공감하다[공감하다] 同感，共鳴

개방적[개방적] 開放

아이돌[아이돌] 偶像

수익 구조[수익꾸조] 收益結構

- - - - - - - - - -

수용하다[수용하다] 收容，容納，徵用

달리[달리] 不一樣

코드[코드] 編碼，代碼

동영상[동영상] 影片

가득하다[가드카다] 充滿

가사 [가사] 歌詞

간판 [간판] 招牌

공연하다 [공연하다] 公演，表演，演出

강연회 [강연회] 演講會

돌파 [돌파] 突破

．．．．．．．．．．

각종 [각쫑] 各種

극대화 [극때화] 極大化，最大化

사업자 [사업짜] 經營者

전파 [전파] 傳播

전략 [절략] 戰略

정교하다 [정교하다] 精巧

기획사 [기획싸] 經紀公司

중소 [중소] 中小

지원하다 [지원하다] 支援

시일 [시일] 時日

．．．．．．．．．．

불법 [불뻡] 非法

이루어지다 [이루어지다] 實現，形成

다운로드 [다운로드] 下載

연예인 [여녜인] 藝人

계약 [계약] 合約，協議

．．．．．．．．．．

마음을 다스리다 [마으믈다스리다] 管理情緒，掌控情緒

인기를 누리다 [인끼를누리다] 人氣高漲，備受歡迎

폭발적 [폭빨쩍] 爆發性，爆炸性

출연하다 [추련하다] 出演，扮演，上演

초청 [초청] 邀請

최단 기간 [최단기간] 最短時間

최다 조회 [최다조회] 最多瀏覽

．．．．．．．．．．

휩쓸다 [휩쓸다] 席捲，包攬

신한류 [신할류] 新韓流

이어가다 [이어가다] 繼承，接續

마케팅 [마케팅] 市場營銷

조직적 [조직쩍] 有組織的

대형 [대형] 大型

탈피하다 [탈피하다] 擺脫

콘텐츠 [콘텐츠] 內容，資訊

수립 [수립] 制訂，建立

인상되다 [인상되다] 提高，上漲

．．．．．．．．．．

처벌 [처벌] 處罰

현재 [현재] 目前，現在

아울러 [아울러] 同時；並且

공정하다 [공정하다] 公正

뒤따르다 [뒤따르다] 跟隨，伴隨

어떤 사람과
결혼하고 싶어요?

想和什麼樣的人結婚？

10

學習目標

情景

談論結婚條件

詞彙

結婚，外貌，性格

語法

A-아/어 보이다
A/V-(으)면 좋겠다
N(이)면 좋겠다
N(이)나 N

수파킷 하즈키 씨, 어떤 사람과 결혼하고 싶어요?

하즈키 글쎄요. 저랑 취미가 비슷한 사람이면 좋겠어요.
제가 활동적인 편이니까 운동이나 여행을 좋아하는
사람이면 좋겠죠.

수파킷 저도 그래요. 취미가 같으면 함께 나눌 수 있는
이야기도 많아지니까요.

하즈키 그리고 제가 좀 마른 편이니까 배우자는 키가 크고
통통한 편이면 좋겠어요.

수파킷　　하하하. 사람들은 보통 자기랑 다른 스타일의 이성에게
　　　　　　더 끌린다는 말이 있던데, 하즈키 씨도 그렇군요.

하즈키　　그리고 제가 좀 덜렁대는 편이니까 자상한 사람을 만나고 싶어요.

수파킷　　그럼, 어떤 직업을 가진 사람이 좋아요?

하즈키　　음! 공무원이나 선생님처럼 출퇴근 시간이 일정한
　　　　　　직업을 가진 사람이면 좋겠어요.

수파킷　　하즈키 씨는 안정적인 직업을 가진 사람을 선호하는군요!

하즈키　　그것보다는 가족과 함께 시간을 많이 보낼 수 있는 사람이면
　　　　　　좋겠어요. 수파킷 씨는 어떤 직업을 가진 여자와 결혼하고 싶어요?

수파킷　　저는 음악가나 화가같이 열정적이고 자유로운 직업을
　　　　　　가진 사람이면 좋겠어요.

하즈키　　와! 수파킷 씨, 예술가를 좋아하세요? 뜻밖이에요.

수파킷　　제가 글 쓰는 것이나 그림 그리는 것을 좋아하니까
　　　　　　그런 사람과 결혼하면 대화가 잘 통하겠지요.

하즈키　　그럼, 수파킷 씨는 배우자의 경제적인 능력은 어떻게 생각하세요?

수파킷　　물론 돈이 많으면 좋지만, 앞으로 함께 만들어 가는 미래가
　　　　　　더 중요하다고 생각해요.

하즈키　　저도 사랑한다면 경제적인 것은 중요하지 않다고 생각해요.

01 동사 動詞

마르다 [마르다] 瘦；乾燥；用盡；剪裁（衣服）

극복하다 [극뽀카다] 克服

참석하다 [참서카다] 出席，參加

끌리다 [끌리다] 被吸引

끌다 [끌 : 다] 吸引

덜렁대다 [덜렁대다] 愣頭愣腦，笨手笨腳

생기다 [생기다] 產生，發生，出現

토론하다 [토론하다] 討論

커피를 내리다 [커피를내리다] 泡咖啡

꿈꾸다 [꿈꾸다] 夢想

나누다 [나누다] 分享

통하다 [통하다] 相通

선호하다 [선호하다] 偏好

02 형용사 形容詞

통통하다 [통통하다] 胖乎乎

흥미롭다 [흥미롭따] 有趣的

아쉽다 [아쉽따] 可惜

자상하다 [자상하다] 細心

적절하다 [적쩔하다] 恰當

똑똑하다 [똑또카다] 聰明

재미있다 [재미읻따] 有意思

중요하다 [중요하다] 重要

일정하다 [일쩡하다] 一定，固定

자유롭다 [자유롭따] 自由自在的

다정하다 [다정하다] 多情

부럽다 [부럽따] 羨慕

날씬하다 [날씬하다] 苗條

행복하다 [행보카다] 幸福

재미없다 [재미업따] 沒意思

03　결혼 結婚

배우자 [배우자] 配偶，伴侶

프러포즈 [프러포즈] 求婚

신부 [신ː부] 新娘

시댁 [시댁] 婆家

함 [함] 盒子，小箱子

웨딩드레스 [웨딩드레스] 婚紗

축의금 [추기금] 禮金

결혼관 [결혼관] 婚姻觀

국제결혼 [국제결혼] 國際婚姻

신랑 [실랑] 新郎

예단 [예단] 禮單

처가 [처가] 娘家

사주단자 [사ː주딴자] 庚帖，八字帖 ＊

폐백 [폐백/페백] 拜婆禮 ＊＊

피로연 [피로연] 婚宴，喜宴

＊ 訂婚後新郎家發給新娘家的紙，上面寫有新郎的八字——出生年月日和時辰的四個干支。
＊＊　是新娘去婆家向公公、婆婆等各位婆家長輩行使的禮節。在傳統婚禮中，結婚典禮結束一～三天後去婆家，擺好大棗、栗子等行拜禮。但是最近一般在結婚典禮之後，在儀式現場直接上拜，然後就去蜜月旅行。新婚夫婦上拜行禮時，長輩們會把大棗和栗子扔到新娘的裙子上，這是祝福多生子女的意思。

폐백

04　기타 其他

출퇴근 [출퇴근] 上下班

예술가 [예술가] 藝術家

경제적 [경제적] 經濟

안정적 [안정적] 穩定

뜻밖 [뜯빡] 意外

능력 [능녁] 能力

줄무늬 [줄무니] 條紋

만약 [마냑] 如果

관계가 있다 [관계가인따] 有關係

애교 [애교] 撒嬌

보람 [보람] 意義，價值

부동산 [부동산] 房地產

퀴즈 [퀴즈] 猜謎遊戲

소꿉놀이 [소꿉노리] 扮家家酒

공짜 [공짜] 免費

사무실 [사무실] 辦公室

네팔 [네팔] 尼泊爾

하이힐 [하이힐] 高跟鞋

이탈리아 [이탈리아] 義大利

조건 [조껀] 條件

색깔 [색깔] 顏色

햇살 [핻쌀] 陽光

초반 [초반] 初期

예전 [예전] 以前，先前

가끔씩 [가끔씩] 有時

전문가 [전문가] 專家

작업실 [자겁씰] 工作室

發 / 音 / 規 / 則

「ㄴㅎ＋ㅈ」的發音 雙收音單一化

雙收音「ㄴㅎ, ㄹㅎ」中第一個音「ㄴ, ㄹ」發原音，第二個音「ㅎ」後面與以「ㄱ, ㄷ, ㅈ」開頭的音節連用時，發「ㅋ, ㅌ, ㅊ[ㅋ, ㅌ, ㅊ]」音。

괜찮지만 ⇒ [괜찬치만]

ㄴㅎ＋ㅈ ⇒ ㄴ＋ㅊ

많고 [만ː코]　　**~않다** [안타]　　**싫지요** [실치요]

01 A─아/어 보이다

키가 커 보여요.

情景 「麗麗個子矮。可是今天穿了條紋褲和高跟鞋。所以好像個子變高了。」 這時應該說「리리 씨, 오늘 키가 커 보여요.」。「蘇帕克沒有說自己生病。可是今天話也不說，臉色也不好，飯也不吃。可能是生病了。」這時應該說「수파킷 씨가 오늘 아파 보여요.」。

說明 「A─아/어 보이다」與「키가 크다（個子高），아프다（生病）」等形容詞連用，表示實際上不是那種狀態，但是看起來像那種狀態。

스테파니 씨 그 옷을 입으니까 귀여워 보여요.

오늘은 운동화를 신어서 키가 작아 보여요.

와! 떡볶이가 맛있어 보여요.

보리스 씨가 오늘 슬퍼 보여요.

:: A-아/어 보이다 **連接方法**

詞幹末音節沒有元音「ㅏ, ㅗ」的形容詞後面用「V-어 보이다」，詞幹末音節有元音「ㅏ, ㅗ」的形容詞後面用「V-아 보이다」。

沒有元音「ㅏ, ㅗ」時+ 어 보이다 맛없다+어 보이다→ 맛없어 보이다

有元音「ㅏ, ㅗ」時+ 아 보이다 많다+아 보이다→ 많아 보이다

以「~하다」結尾時→ ~해 보이다 따뜻하다+해 보이다→ 따뜻해 보이다

收音是「ㅂ」時→ 우+어 보이다 춥다+워(우+어) 보이다→ 추워 보이다

활용 연습 活用練習 請在空格處填寫適當的內容。

原型	A-아/어 보이다	原型	A-아/어 보이다
키가 크다		예쁘다	
통통하다		슬프다	
얼굴이 작다		귀엽다	
돈이 많다		맵다	
따뜻하다		춥다	
관계가 있다		재미없다	
흥미롭다		쉽다	
적절하다		어렵다	

02 A/V-(으)면 좋겠다, N(이)면 좋겠다

情景　「朋友們說星期六去李準基的粉絲見面會。可是我這個週末很忙沒辦法去。我也想去啊。」這時應該說「저도 이준기 씨 팬미팅에 가면 좋겠어요.」。「我現在很胖。志英個子又高又苗條，我真羨慕志英。」這時應該說「지영이처럼 날씬하면 좋겠어요.」。「我現在沒有男朋友。如果找男朋友，我想找一個聰明的人。」這時應該說「똑똑한 사람이면 좋겠어요.」。

說明　「A/V-(으)면 좋겠다, N(이)면 좋겠다」與「가다（去），날씬하다（苗條），똑똑한 사람（聰明的人）」等動詞、形容詞、名詞連用，表示現在無法做某事，但是想要做那件事。

이준기 씨 팬미팅에 가면 좋겠어요.

졸업하고 외교관이 되면 좋겠어요.

지금보다 키가 3cm만 더 크면 좋겠어요.

남자 친구가 부자면 좋겠어요.

:: A/V-(으)면 좋겠다 連接方法

詞幹末音節沒有收音的動詞和形容詞後面用「A/V-면 좋겠다」，詞幹末音節有收音的動詞和形容詞後面用「A/V-으면 좋겠다」。

沒有收音時 + 면 좋겠다　보다+면 좋겠다→보면 좋겠다

有收音時+ 으면 좋겠다　많다+으면 좋겠다→많으면 좋겠다

收音是「ㄷ」時→ ㄹ + 으면 좋겠다　듣다+르으면 좋겠다→들으면 좋겠다

收音是「ㄹ」時→ + 면 좋겠다　멀다+면 좋겠다→멀면 좋겠다

收音是「ㅂ」時→ 우 + 면 좋겠다　맵다+우면 좋겠다→매우면 좋겠다

:: N(이)면 좋겠다 連接方法

末音節沒有收音的名詞後面用「N면 좋겠다」，末音節有收音的名詞後面用「N이면 좋겠다」。

沒有收音時+ 면 좋겠다　부자+면 좋겠다→부자면 좋겠다

有收音時+ 이면 좋겠다　좋은 사람+이면 좋겠다→좋은 사람이면 좋겠다

활용 연습 活用練習　請在空格處填寫適當的內容。

原型	A-(으)면 좋겠다	原型	A-(으)면 좋겠다
날씬하다		돈이 많다	
통통하다		재미있다	
얼굴이 작다		예쁘다	
귀엽다		똑똑하다	

활용 연습 活用練習 請在空格處填寫適當的內容。

原型	V-(으)면 좋겠다	原型	V-(으)면 좋겠다
이준기 씨를 만나다		인기를 끌다	
브라질에 가다		태권도를 배우다	
닭갈비를 먹다		수업 시간에 토론하다	
보람을 느끼다		어려움을 극복하다	
남자 친구가 생기다		좋은 집에 살다	
눈이 오다		외교관이 되다	
시원한 물을 마시다		결혼하다	

原型	N-(이)면 좋겠다	原型	N-(이)면 좋겠다
친구		학생	
전문가		즐거운 시간	
연인		연예인	
휴일		좋은 사람	
좋은 선물		공짜	
꿈		정말	
방학		끝	

03 N(이)나 N

情景　「我肚子餓了。我在想吃什麼呢。想吃蘋果或香蕉。」這時應該說「사과
　　　나 바나나를 먹어요.」。「我以後想成為外交官。要不就成為旅行作家。」
　　　這時應該說「졸업하면 외교관이나 여행작가가 되고 싶어요.」。

說明　「N(이)나N」與「사과（蘋果）/바나나（香蕉）, 외교관（外交官）/여
　　　행작가（旅行作家）」等名詞連用，表示從兩個名詞中選擇一個。

사과나 바나나를 먹어요.

저는 경찰이나 소방관이 되고 싶어요.

이번 휴가에 부산이나 제주도에 갈 거예요.

커피숍에 가서 라떼나 카푸치노를 사다 주세요.

:: N(이)나 N 連接方法

末音節沒有收音的名詞後面用「N나」，末音節有收音的名詞後面用「N이나」。

沒有收音時+ 나　사과＋나 바나나→ 사과나 바나나

有收音時+ 이나　펜싱＋이나 태권도→ 펜싱이나 태권도

회화 연습

01 와! 날씬해 보여요.

가 이 옷 어때요?

나 와! 날씬해 보여요.

옷

날씬하다

| 이 구두 키가 크다 | 가 _____? |
| | 나 _____. |

| 저 영화 재미있다 | 가 _____? |
| | 나 _____. |

| 압둘라 씨 기분이 좋다 | 가 _____? |
| | 나 _____. |

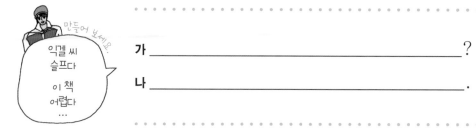

만들어 보세요.

익겔 씨
슬프다

이 책
어렵다
...

가 _____?

나 _____.

가 이준기 씨, 피곤해 보여요.
나 어제 잠을 못 자서 그래요.

피곤하다
어제 잠을 못 자다

기분이 안 좋다
여자 친구와
헤어지다

가 _____.
나 _____.

행복하다
프러포즈를 받다

가 _____.
나 _____.

춥다
옷을 얇게 입다

가 _____.
나 _____.

만들어 보세요.

가방이 무겁다
책이 많다

젊다
날마다 운동하고
즐겁게 생활하다
…

가 _____.
나 _____.

02　재미있는 사람과 결혼하면 좋겠어요.

가 어떤 사람과 결혼하고 싶어요?

나 재미있는 사람과 결혼하면 좋겠어요.

어떤 사람
결혼하다/재미있다

어떤 영화
보다/재미있다

가 _____?

나 _____.

어떤 음식
먹다/맵다

가 _____?

나 _____.

어떤 옷
사다/싸고 예쁘다

가 _____?

나 _____.

만들어 보세요.

어떤 음악
듣다/조용하다

어떤 나라
여행하다
조용하고 깨끗하다
…

가 _____?

나 _____.

가 이 음식 맛이 어때요?

나 좀 더 매우면 좋겠어요.

이 음식 맛
맵다

그 영화
무섭다

가 _____?

나 _____.

여자 친구
애교가 많다

가 _____?

나 _____.

이웃
색깔이 밝다

가 _____?

나 _____.

만들어 보세요.

내일 날씨
따뜻하다

이 신발
가볍다
...

가 _____?

나 _____.

03 가수나 영화배우가 되고 싶어요.

가 어떤 직업을 갖고 싶어요?
나 가수나 영화배우가 되고 싶어요.

어떤 직업 / 갖다
가수 / 영화배우

어떤 음식/먹다
감자탕/닭갈비

가 _____?
나 _____.

어떤 음악/듣다
발라드/팝송

가 _____?
나 _____.

어떤 운동/하다
야구/축구

가 _____?
나 _____.

어떤 영화/보다
멜로/코미디

가 _____?
나 _____.

어디/가다
영국/스페인

가 _____?

나 _____.

어떤 책/읽다
소설/에세이

가 _____?

나 _____.

만들어 보세요.

가 _____?

나 _____.

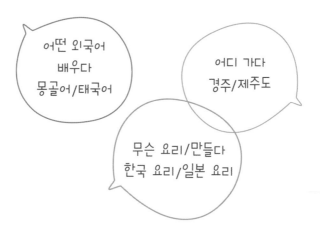

어떤 외국어
배우다
몽골어/태국어

어디 가다
경주/제주도

무슨 요리/만들다
한국 요리/일본 요리

듣기 연습 聽力練習

請仔細聽CD，然後回答問題。

문제 압둘라 씨가 좋아하는 집의 조건을 골라 ○, ×로 대답해 보세요.

〈보기〉 압둘라 씨는 이사를 하려고 한다. (○)

1. 압둘라 씨는 최지영 씨와 같은 집에 살고 싶어 한다. ( )

2. 압둘라 씨는 사무실에서 가깝고 싼 집에 살고 싶어 한다. ( )

3. 압둘라 씨는 거실이 좁아도 창문이 큰 집에 살고 싶어 한다. ( )

4. 최지영 씨는 요즘 바빠서 압둘라 씨를 도와줄 수 없다. ( )

이준기와 이야기하기 1 跟李準基聊天 1

請仔細聽録音。

비비엔 이준기 씨는 몇 살 때 결혼하고 싶어요?

이준기 음, 제가 지금 30살이니까 33살쯤?

그런데 갑자기 그건 왜 물어보세요?

비비엔 와! 이준기 씨, 30살이에요? 굉장히 젊어 보여요. 20대 초반 같아요.

이준기 정말요? 감사합니다.

비비엔 제가 얼마 전에 책에서 봤는데 한국 사람들은 보통 남자는 32살,

여자는 29살쯤 결혼을 한다고 해요.

이준기 결혼도 좋지만 하고 싶은 일을 하면서 자유롭게 지내고 싶다고

생각하는 사람이 많아졌으니까요.

비비엔 그렇군요! 그럼 제가 퀴즈 하나 낼게요.

제가 본 책에서 결혼을 가장 빨리 하는 나라는 어디라고 나왔을까요?

이준기 음, 중국?

비비엔 아! 아쉽네요. 네팔이에요. 네팔은 남자는 22살, 여자는 19살 때

보통 결혼한다고 해요.

이준기 19살요? 굉장하네요.

비비엔 저도 빨리 결혼하면
좋겠어요.

이준기와 이야기하기 2 跟李準基聊天 2

請仔細聽錄音。

이준기

여러분 안녕하세요? 오늘은 저의 결혼관에 대해서
말씀드릴게요. 우선 저의 직업을 이해해 주고
자기만의 세계를 가진 사람을 만났으면 좋겠어요.
그리고 제가 영화와 음악을 좋아하니까
저와 취미가 비슷해서 영화도 보고 음악회도 같이
갈 수 있으면 좋겠어요.
저는 예전부터 다정한 부부가 좋아 보였어요.
그래서 주말에는 같이 등산도 다니고 겨울에는 함께
스키도 타러 가고, 어린 시절 꿈꾸던 소꿉놀이 같은
결혼 생활을 하고 싶어요. 그리고 저는 결혼하면 자상한
남편이 되고 싶어요. 그래서 제가 커피도 내려 주고 싶어서
요즘 커피도 공부하고 있어요. 특별한 날이 아니어도
가끔씩 꽃도 사 주고 주말에는 청소도 해 주고
쓰레기도 버려 주는 그런 남편이 될 거예요.
그리고 저녁에는 아내의 이야기도
잘 들어 주고 아이들과도 즐겁게
놀아 주는 그런 아빠가 될 거예요.
여러분은 어떤 배우자가
되고 싶어요?

220

逐漸晚婚的韓國結婚年齡

　　在韓國，結婚有「人倫之大事」的說法，意指結婚是人們應該做的最大一件事情。也就是說，結婚是人生中非常重要的事情。因此，父母對子女的婚姻是非常關心的。如果家中有過了適婚年齡卻還不結婚的兒女，父母就會忍不住嘆息。

　　不管知不知道父母的這些擔憂，韓國人的結婚年齡卻在逐漸增長。以前很多人二十多歲就結婚，但是最近很多人到了三、四十歲還是單身。其中雖然有很多人是因為上學時間長而較晚進入社會，但也有不少人是因為其他各式各樣的理由而單身。例如，喜歡更自由的單身生活；擔心結婚、生育、養育等方面的費用等。

　　過了適婚年齡的未婚人士最討厭過節。因為過節時親戚們聚在一起不斷問的就是「什麼時候結婚？」、「什麼時候嫁人？」等。但是他們比任何人都更努力地在尋找自己的另一半。

나라마다 문화가 다르군요!

每個國家的文化都不一樣啊

11

學習目標

情景

談論文化差異

詞彙

節日，節日食物

語法

N마다
N인데 반해
A-(으)ㄴ데 반해
V-는데 반해
N에 대해(서)

이준기　안녕하세요? 리리 씨, 다음 주에 추석인데 뭐 할 거예요?

리 리　저는 비비엔 씨하고 같이 최지영 씨 집에 가기로 했어요.

이준기　아! 최지영 씨 집은 대가족이니까 한국의 명절을
　　　　　잘 느낄 수 있겠군요!

리 리　네, 맞아요. 그런데 저는 한국의 명절에 대해 아직 잘 몰라요.

이준기　그래요? 한국에서는 추석과 설날이 가장 큰 명절이에요.
　　　　　그런데 추석은 한국에서만 큰 명절인데 반해
　　　　　설날은 중국, 베트남, 일본, 싱가포르 등 명실상부한
　　　　　동양 문화권의 명절이지요.

리 리   그런데 이준기 씨, 추석에 세배를 해야 하지요?

이준기   아니에요. 세배는 설날에 해요.

리 리   아, 그렇군요! 그럼 추석에는 뭘 먹어요?

이준기   추석에는 가족들이랑 함께 송편을 먹어요.
         중국에서는 추석에 뭘 먹어요?

리 리   중국에서는 월병을 먹어요.
         그럼 한국에서 설날에는 뭘 먹어요?

이준기   설날에는 떡국을 먹어요.

리 리   아, 그래요? 중국에서는 「니엔까오」라는 떡과
         「자오즈」라는 물만두를 먹어요.

이준기   아, 그렇군요! 한국과 중국은 가까운 나라인데
         명절에 먹는 음식이 다르군요!

리 리   그럼 추석과 설날에 가족들은 보통 뭐 해요?

이준기   추석에는 보통 다 같이 송편을 빚고 보름달을 보면서
         소원을 빌어요. 그리고 설날에는 윷놀이를 해요.

리 리   아, 그렇군요! 나라마다 문화가 다르군요!

01 명절 節日

추석 [추석] 中秋節

구정 [구정] 農曆春節

단오 [다노] 端午

정월 대보름 [정월대보름] 正月十五

세배 [세배] 拜年

성묘 [성묘] 掃墓

윷놀이 [윤노리] 尤茨遊戲，翻板子遊戲，擲枏 **

설날 [설랄] 春節

신정 [신정] 元旦

한식 [한 : 식] 寒食節（四月五日或六日，清明前一日）

제사를 지내다 [제사를지내다] 舉行祭祀

산소 [산소] 墳墓

강강술래 [강강술래] 圓圈舞 *

＊ 是正月十五或八月中秋節時韓國南部地方進行的民俗遊戲。許多人手牽手圍成一個圓圈，邊轉圈邊唱「圓圈舞曲」。是韓國第八號重要非物質文化遺產，於2009年被指定為聯合國教科文組織世界非物質文化遺產。

강강술래

＊＊ 是男女老少可以一起玩的韓國傳統遊戲。在春節或全家聚會的日子，投擲被稱為「尤茨」的四根小木棍玩要。

윷놀이

02 명절 음식 節日食物

송편 [송편] 松餅 *

월병 [월병] 月餅

자오즈 [자오즈] 餃子

떡국 [떡꾹] 年糕湯 **

니엔까오 [니엔까오] 年糕

물만두 [물만두] 水餃

＊ 中秋節時，全家人圍坐在一起包一種叫做松餅的糕。這裡的「松」指的是松。因為是放入松葉蒸熟的，所以被稱為松餅。邊包松餅邊聊天，和家人一起愉快地度過中秋節。聽說松餅包得漂亮就能生漂亮地女兒，因此還有相互比較看誰包的松餅更漂亮的有趣風俗。

＊＊ 春節時，把年糕切得薄而圓，然後將其放入鍋中煮成年糕湯。因此，有句話說「食用一碗年糕湯就長了一歲」。但是，韓國人不在春節時食用年糕湯，且在平時也非常喜歡食用這種食物。

03 기타 其他

극복하다 [극뽀카다] 克服	정이 많다 [정이만타] 多情
대가족 [대가족] 大家庭＊	명실상부 [명실상부] 名副其實
동양 [동양] 東方，東洋	문화권 [문화꿘] 文化圈
보름달 [보름딸] 滿月	쇼핑몰 [쇼핑몰] 購物中心
특색 [특쌕] 特色	관계 [관계] 關係
조건 [조껀] 條件	삼면 [삼면] 三面
주식 [주식] 主食	온돌방 [온돌빵] 熱炕房，火炕屋
보일러 [보일러] 鍋爐	군대 [군대] 軍隊
특이 사항 [트기사항] 特殊事項	단독주택 [단독주택] 單獨住宅，獨門獨戶
토론하다 [토론하다] 討論	라마단 기간 [라마단기간] 齋戒期間
문화적 차이 [문화적차이] 文化性差異	완벽하다 [완벼카다] 完美
흥미롭다 [흥미롭따] 有趣	보람 [보람] 意義，價值
무뚝뚝하다 [무뚝뚜카다] 生硬，冷澀	

＊ 韓國曾經是重視血緣關係，以家庭為中心的社會。因此，爺爺、奶奶、爸爸、媽媽、子女們，還有沒結婚的兄弟姐妹們，三四代人在一起生活是非常普遍的。但是，隨著生活的重心由農業勞作生活轉為城市生活，父母在家鄉生活，而子女們在城市生活，這樣越來越多的小家庭取代了大家庭。另外，雖然大部分子女在結婚前是與父母生活在一起，但是由於去城市生活的子女增多以及結婚年齡增長等原因，自己單獨生活的人也在逐漸增加。

대가족

發 / 音 / 規 / 則

合成詞的緊音化

有些合成詞構成其的前後兩個詞之間沒有添加音「ㅅ」，卻要像有添加音「ㅅ」那樣發音暫停一下。這時，如果後一個詞以「ㄱ, ㄷ, ㅂ, ㅅ, ㅈ」開頭，那麼「ㄱ, ㄷ, ㅂ, ㅅ, ㅈ」要發緊音「ㄲ, ㄸ, ㅃ, ㅆ, ㅉ[ㄲ, ㄸ, ㅃ, ㅆ, ㅉ]」。

문화권 ⇒ [문화꿘]
문화+ㄱ ⇒ 문화+ㄲ

강가[강까]　　**눈동자**[눈똥자]　　**손재주**[손째주]

01　N마다

情景　「中國、日本、西班牙……有很多國家。可是每個國家的文化都不一樣。」
這時應該說「나라마다 문화가 달라요.」。「維維安、阿卜杜拉、史蒂芬
妮……有很多人。可是每個人喜歡的食物全都不一樣。」這時應該說「사
람마다 좋아하는 음식이 달라요.」。

說明　「N마다」與「나라（國家），사람（人）」等名詞連用，表示該名詞包括
的個體全都具有不同的特性。

사람마다 좋아하는
음식이 달라요.

사람마다 취미가 달라요.

쇼핑몰마다 가격이 조금씩 달라요.

한국은 도시마다 특색이 있어요.

∷ N마다 連接方法

末音節有收音和沒有收音的名詞後面都用「N마다」。

沒有收音時+마다　나라+마다→ 나라마다

有收音時+마다　시간+마다→ 시간마다

02 N인데 반해/A-(으)ㄴ데 반해/V-는데 반해

情景 「今天是休息日。但是在公園卻沒什麼人。」這時應該說「오늘은 휴일인데 반해 공원에 사람이 별로 없어요.」。「史蒂芬妮很苗條。但是飯吃很多。」這時應該說「스테파니는 날씬한데 반해 밥을 진짜 많이 먹어요.」。「阿卜杜拉跳舞跳得很好。但是唱歌完全不行。」這時應該說「압둘라는 춤은 잘 추는데 반해 노래는 전혀 못해요.」。

춤은 잘 추는데 반해
노래는 전혀 못해요.

說明 「N인데 반해, A-(으)ㄴ데 반해, V-는데 반해」與「휴일（休息日）, 날씬하다（苗條）, 추다（跳）」等名詞、形容詞、動詞連用，表示前半句內容與後半句相反。

지금 한국은 여름인데 반해 호주는 겨울이에요.

리리 씨는 얼굴이 작은데 반해 키가 커요.

저는 닭고기는 좋아하는데 반해 돼지고기는 못 먹어요.

수파킷 씨는 운동은 잘하는데 반해 노래는 잘 못해요.

:: N인데 반해 連接方法

末音節有收音和沒有收音的名詞後面都用「N인데 반해」。

沒有收音時+ 인데 반해 친구＋인데 반해→ 친구인데 반해

20대＋인데 반해→ 20대인데 반해

有收音時+ 인데 반해 명절＋인데 반해→ 명절인데 반해

사람＋인데 반해→ 사람인데 반해

:: A－(으)ㄴ데 반해 連接方法

詞幹末音節沒有收音的形容詞後面用「A－ㄴ데 반해」，詞幹末音節有收音的形容詞後面用「A－은데 반해」。

沒有收音時+ ㄴ데 반해 예쁘다＋ㄴ데 반해→ 예쁜데 반해

有收音時+ 은데 반해 많다＋은데 반해→ 많은데 반해

收音是「ㄹ」時→ㄹ＋ㄴ데 반해 멀다＋ㄴ데 반해→ 먼데 반해

收音是「ㅂ」時→ 우＋ㄴ데 반해 춥다＋운(우＋ㄴ)데 반해→ 추운데 반해

~있다 + 는데 반해 재미있다＋는데 반해→ 재미있는데 반해

~없다 + 는데 반해 재미없다＋는데 반해→ 재미없는데 반해

:: V－는데 반해 連接方法

詞幹末音節有收音和沒有收音的動詞後面都用「V－는데 반해」。

沒有收音時+ 는데 반해 보다＋는데 반해→ 보는데 반해

有收音時+ 는데 반해 먹다＋는데 반해→ 먹는데 반해

收音是「ㄹ」時→ㄹ＋ 는데 반해 만들다＋는데 반해→ 만드는데 반해

활용 연습 活用練習 請在空格處填寫適當的內容。

原型	N인데 반해	原型	N인데 반해
친구		학생	
부자		즐거운 시간	
명절		좋은 관계	
휴일		적극적	

原型	A-(으)ㄴ데 반해	原型	A-(으)ㄴ데 반해
완벽하다		흥미롭다	
넓다		방학이 길다	
바쁘다		얼굴이 작다	
맛있다		맛없다	

原型	V-는데 반해	原型	V-는데 반해
송편을 먹다		그림을 잘 그리다	
뉴욕에 가다		운동을 못하다	
한국말을 잘하다		춤을 못 추다	
술을 잘 마시다		책을 많이 읽다	

03 N에 대해(서)

情景 「我想知道韓國的天氣如何。所以我想和韓國朋友談論有關韓國天氣的事情。」這時應該說「한국의 날씨에 대해 이야기하고 싶어요.」。「我想知道朋友們對於國際婚姻如何看。所以我想和朋友們討論有關國際婚姻的事情。」這時應該說「국제결혼에 대해 토론하고 싶어요.」。

說明 「N에 대해(서)」與「날씨（天氣），국제결혼（國際婚姻）」等名詞連用，表示和該名詞所指的內容相關。

한국의 날씨에 대해
이야기하고 싶어요.

한국의 군대에 대해서 설명해 주세요.

이번 시험에 대해 말씀드리겠습니다.

결혼의 조건에 대해 토론해 보세요.

:: N에 대해(서) 連接方法

末音節有收音和沒有收音的名詞後面都用「N에 대해(서)」。

沒有收音時+ 에 대해(서) 역사＋에 대해 (서)→ 역사에 대해 (서)

有收音時+ 에 대해(서) 시험＋에 대해 (서)→ 시험에 대해 (서)

01 나라마다 문화가 달라요.

가 나라마다 무엇이 달라요?
나 나라마다 문화가 달라요.

나라
문화가 다르다

사람
취미가 다르다

가 _____?
나 _____.

나라
언어가 다르다

가 _____?
나 _____.

가게
가격이 다르다

가 _____?
나 _____.

만들어 보세요.
사람
좋아하는 음식이
다르다

가게
메뉴가 다르다
……

가 _____?
나 _____.

02　한국은 삼면이 바다인데 반해
　　　몽골은 바다가 없어요.

가 한국과 몽골은 뭐가 달라요?
나 한국은 삼면이 바다인데 반해
　 몽골은 바다가 없어요.

한국/삼면이 바다
몽골/바다가 없다

한국의 주식/밥
미국의 주식/빵

가 ＿＿＿＿＿＿＿＿＿＿＿＿＿＿＿＿＿＿＿？
나 ＿＿＿＿＿＿＿＿＿＿＿＿＿＿＿＿＿＿＿
　 ＿＿＿＿＿＿＿＿＿＿＿＿＿＿＿＿＿＿＿ .

수파킷 씨
집/아파트
비비엔 씨
집/단독주택

가 ＿＿＿＿＿＿＿＿＿＿＿＿＿＿＿＿＿＿＿？
나 ＿＿＿＿＿＿＿＿＿＿＿＿＿＿＿＿＿＿＿
　 ＿＿＿＿＿＿＿＿＿＿＿＿＿＿＿＿＿＿＿ .

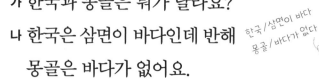

만들어 보세요.

옛날 집
/온돌
요즘 집
/보일러
…

가 ＿＿＿＿＿＿＿＿＿＿＿＿＿＿＿＿＿＿＿？
나 ＿＿＿＿＿＿＿＿＿＿＿＿＿＿＿＿＿＿＿
　 ＿＿＿＿＿＿＿＿＿＿＿＿＿＿＿＿＿＿＿ .

가 한국 음식과 몽골 음식은 무엇이 달라요?

나 한국 음식은 매운데 반해
　　몽골 음식은 싱거워요.

한국 음식 / 맵다
몽골 음식 / 싱겁다

한국 남자
무뚝뚝하다
중국 남자
친절하다

가 ＿＿＿＿＿＿＿＿＿＿＿＿＿＿＿＿＿＿＿＿＿?

나 ＿＿＿＿＿＿＿＿＿＿＿＿＿＿＿＿＿＿＿＿＿

＿＿＿＿＿＿＿＿＿＿＿＿＿＿＿＿＿＿＿＿＿.

저 가게 / 친절하다
이 가게 / 불친절하다

가 ＿＿＿＿＿＿＿＿＿＿＿＿＿＿＿＿＿＿＿＿＿?

나 ＿＿＿＿＿＿＿＿＿＿＿＿＿＿＿＿＿＿＿＿＿

＿＿＿＿＿＿＿＿＿＿＿＿＿＿＿＿＿＿＿＿＿.

만들어 보세요.

한국 택시 / 싸다
일본 택시 / 비싸다

한국 / 산이 많다
일본 / 섬이 많다
…

가 ＿＿＿＿＿＿＿＿＿＿＿＿＿＿＿＿＿＿＿＿＿?

나 ＿＿＿＿＿＿＿＿＿＿＿＿＿＿＿＿＿＿＿＿＿

＿＿＿＿＿＿＿＿＿＿＿＿＿＿＿＿＿＿＿＿＿.

가 와! 스테파니 씨,
　운동을 잘하는군요! 춤도 잘 춰요?
나 아니에요. 운동은 잘하는데 반해 춤은 못춰요.

영어를 잘하다
중국어를 못하다

가 _____?
나 _____
　_____.

요리를 잘하다
정리를 못하다

가 _____?
나 _____
　_____.

만들어 보세요.

소주를 잘 마시다
맥주를 못 마시다

딸이 예쁘다
아들이 못생기다
...

가 _____?
나 _____
　_____.

03 한국 사람에 대해 어떻게 생각하세요?

가 한국 사람에 대해 어떻게 생각하세요?
나 친절하고 재미있다고 생각해요.

한국 사람
친절하고 재미있다

한국 음식
맵지만 맛있다

가 _____?

나 _____.

한국 남자
무뚝뚝하지만
정이 많다

가 _____?

나 _____.

유학 생활
힘들지만
보람이 있다

가 _____?

나 _____.

만들어 보세요.

저 가수
노래는 잘하지만
춤은 못 춘다

저 영화 재미있지만
너무 폭력적이다
......

가 _____?

나 _____.

듣기 연습 聽力練習

請仔細聽CD，然後回答問題。

문제 다음 질문에 대답해 보세요.

1. 여행을 좋아하는 사람은 누구예요?

_____

2. 술을 못 마시는 사람은 누구예요?

_____

3. 말을 잘 타는 사람은 누구예요?

_____

4. 그림을 잘 그리는 사람은 누구예요?

_____

이준기와 이야기하기 跟李準基聊天

請仔細聽錄音。

이준기 비비엔 씨, 한국 음식 중에서
무슨 음식을 제일 좋아하세요?

비비엔 저는 삼겹살을 아주 좋아해요.

이준기 어! 저도 삼겹살을 좋아하는데 오늘 저녁에
압둘라 씨와 함께 삼겹살을 먹으러 갈까요?

비비엔 압둘라 씨는 이집트 사람인데 돼지고기를 먹어도 될까요?

이준기 아! 참, 그렇겠군요!

비비엔 그리고 라마단 기간에는 해가 떠 있는 시간에
아무것도 먹으면 안 된다고 해요.

이준기 와! 압둘라 씨는 먹는 것을 진짜 좋아하는데 어떡해요?

이준기와 이야기하기 跟李準基聊天

비비엔 하하하, 그리고 인도에서는 소고기를 먹으면 안 된다고 해요.

이준기 그래요? 저는 돼지고기하고 소고기를 좋아하지만
우리가 다 같이 모였을 때는 닭고기를 먹어야 하겠군요!

비비엔 하하하, 그거 좋은 생각이에요.

이준기 리리 씨하고 수파킷 씨에게 들었는데 중국과 태국에서는
점심을 먹고 나서 낮잠을 자는 시간도 있다고 해요.

비비엔 와! 부러워요. 저 낮잠 자는 거 아주 좋아하는데.......
한국에 처음 왔을 때 온돌방에서 낮잠을 자 봤는데
굉장히 따뜻해서 아주 좋았어요.

이준기 독일에는 온돌이 없어요?

비비엔 네, 없어요. 한국에 와서 처음 봤어요.

이준기 나라마다 문화가 정말 다르군요!

韓國的節日——中秋節和春節

　　在韓國，最大的節日是中秋節和春節。中秋節是農曆八月十五日，這一天人們要去祖上的墳墓掃墓。在各種穀物成熟的秋天，人們用一年汗水培育的新米包松餅，並收獲當季的新鮮水果。春節是農曆一月一日，是新的一年的開始。這一天人們要穿著新衣服去向父母或家中長輩拜年。子女們或晚輩們邊行禮邊說「新年快樂」、「身體健康」等吉祥話。長輩們則回以「萬事如意」、「一帆風順」等祝福的話。

　　在中秋節，全家人邊吃松餅邊聊天。在春節的早晨，人們則是邊喝年糕湯邊祈禱全家人來年平安順利。因此，中秋節的時候，人們會互相問「吃松餅了嗎？」。春節的時候，人們也會用「喝年糕湯了嗎？」這樣的問候代替「新年快樂」。

취업 준비를 하느라고 힘들어요

因為準備找工作而很累

12

學習目標

情景

（就業/升學）面試

詞彙

就業，面試

語法

V-느라(고)
얼마나/어찌나 V-는지 모르다
얼마나 A-(으)ㄴ지 모르다
V-아/어 버리다

CD로 들어 보세요

익 겔 선배님 안녕하세요? 저 익겔이에요. 잘 지내셨어요?

보리스 그래, 잘 지내고 있지. 너는 잘 지내고 있어?

익 겔 제가 지금 4학년이라서 취업 준비를 하느라고 힘들어요.

보리스 벌써 4학년이구나! 어떤 회사에 취직하려고 해?

익 겔 사실은 선배님이 다니는 회사에 서류를 넣었거든요.

　　　　 다음 주 화요일에 면접인데 선배님은 면접 때 어땠어요?

보리스 말도 마. 그날 얼마나 떨었는지 몰라.

　　　　 면접관이 우리 회사를 지원한 동기가 뭐냐고 물어보셨는데

　　　　 다짜고짜 여행을 좋아한다고 해 버렸어.

익 겔	하하하, 정말요?
보리스	우리 회사가 여행사니까 여행을 좋아해서 지원했다고 했어야 했는데 완전히 횡설수설했지 뭐야. 그런데 면접관들이 웃으면서 긴장을 풀라고 해 주셔서 나중에는 잘 대답해서 붙었어.
익 겔	아, 그렇구나! 그런데 선배님은 어떤 질문을 받았어요?
보리스	음! 직업을 선택할 때 가장 중요한 것이 무엇인지, 또 우리 회사는 해외 출장이 많은데 어떻게 생각하냐는 질문을 받았어.
익 겔	아!
보리스	그리고 입사 동기한테 들었는데 만약에 무인도에 간다면 무엇을 가지고 가고 싶은지 세 가지만 말해 보라고 했대.
익 겔	아! 진짜 그런 질문도 해요?
보리스	요즘은 정말 다양한 질문들을 해. 그래도 너무 걱정하지 마. 넌 잘할 거야.
익 겔	아무튼 바쁜데 여러 가지로 고마워요 선배님.
보리스	그래. 면접 끝나고 연락해.

01 명사 名詞 취업 就業

취업 준비 [취업준 : 비] 準備找工作   직업 [지겁] 職業

면접 [면접] 面試   면접관 [면접꽌] 面試官

동기 [동기] 目的 ; 動機   질문 [질문] 問題・提問

출장 [출짱] 出差   국내 [궁내] 國內

해외 [해외] 國外   출근 [출근] 上班

퇴근 [퇴근] 下班   이력서 [이력써] 簡歷・履歷書

자기소개서 [자기소개서] 自我介紹   입사 지원서 [입싸지원서] 入職申請表

신입 사원 [시닙싸원] 新進員工   여행사 [여행사] 旅行社

경쟁률 [경쟁뉼] 競爭率

02 동사 動詞 취업 就業

취직하다 [취지카다] 就業   서류를 넣다 [서류를너 : 타] 投簡歷

지원하다 [지원하다] 申請・參加應聘   합격하다 [합껵카다] 合格

붙다 [붇따] 考上   긴장을 풀다 [긴장을풀다] 放鬆

선택하다 [선태카다] 選擇   다양하다 [다양하다] 各式各樣

떨리다 [떨리다] 顫抖・發抖   연락하다 [열라카다] 聯繫

경험을 쌓다 [경허믈싸타] 累積經驗

미역국을 먹다 [미역꾸글먹따] 落榜

어휘와 표현

모집하다 [모지파다] 招聘　　　　　　떨어지다 [떠러지다] 落榜

불합격하다 [불합껴카다] 不合格　　　꿈을 이루다 [꾸믈이루다] 夢想成真

---

03 동사 動詞

독감에 걸리다 [독까메걸리다] 得重感冒

장학금을 타다 [장학끄믈타다] 獲獎學金　　상을 받다 [상을받따] 獲獎

수상하다 [수상하다] 獲獎·得獎　　　　넘치다 [넘치다] 溢出·超過

데뷔하다 [데뷔하다] 出道　　　　　　　응원하다 [응원하다] 加油·應援

호흡하다 [호흐파다] 呼吸　　　　　　　펴다 [펴다] 鋪開·展開·打開

횡설수설하다 [횡설수설하다] 胡言亂語·胡說八道

---

04 기타 其他

선배님 [선배님] 前輩·學長（姐）　　　입사 동기 [입싸동기] 同期入職同事

말도 마 [말도마] 別提了·別說了

다짜고짜 [다짜고짜] 不管三七二十一·不分青紅皂白　　무인도 [무인도] 無人島

만약 [마냑] 如果　　　　　　　　　　　신년회 [신년회] 新年會

송년회 [송:년회/송:년훼] 忘年會·送年會　　연예 뉴스 [여네뉴스] 娛樂新聞

리포터 [리포터] 記者

부산국제영화제 [부산국제영화제] 釜山國際電影節 *

소감 [소감] 感想

늑대 [늑때] 狼

작품 [작품] 作品

비결 [비결] 祕訣

연기파 배우 [연기파배우] 演技派演員

30대/40대 [삼십때/사십때] 30多歲/40多歲

곁 [견] 旁邊

중요하다 [중요하다] 重要

개 [개] 狗

팬 [팬] 粉絲

연기 [연기] 演技

목표 [목표] 目標

나이 [나이] 年齡

한결같이 [한결가치] 始終如一

진심 [진심] 真心，衷心

진정하다 [진정하다] 真正

＊釜山國際電影節始於一九九六年，據說是為了促進亞洲電影的發展，提高韓國電影的地位而創辦的。現在已成為名副其實的亞洲最佳電影展示市場。韓國人很喜歡電影，一般見朋友或約會時都會去看電影。不知道是不是因為這個，聽說釜山國際電影節的票總是很難買到。既能觀賞電影，又能看走紅毯的演員，還能在港口城市釜山旅遊，如此充滿魅力的釜山國際電影節的人氣正日益高漲。

發 / 音 / 規 / 則

「ㄱ」的發音 音的同化（鼻音化）

收音「ㄱ, ㄷ, ㅂ[윽, 읃, 읍]」後面與以「ㄴ, ㅇ」開頭的音節連用時，分別發「ㅇ, ㄴ, ㅁ[응, 은, 음]」音。

4학년 ⇒ [사항년]

ㄱ(ㄲ, ㅋ, ㄳ, ㄹㄱ) + ㄴ ⇒ ㅇ + ㄴ

깎는[깡는]　몫만[몽만]　읽는[잉는]

01 V−느라(고)

어제 숙제하느라고
잠을 못 잤어요.

情景 「我昨天沒睡覺。因為作業太多而花了好長時間。」這時應該說「저는 어제 숙제하느라고 잠을 못 잤어요.」。「我最近太忙了。因為準備找工作而花費了太多時間。」這時應該說「저는 요즘 취업 준비하느라고 바빠요.」。

說明 「V−느라고」與「숙제하다（做作業），준비하다（準備）」等動詞連用，表示花費時間做某事後出現了後面的結果。

어제 청소하느라고 드라마를 못 봤어요.

내일 이사하느라고 바빠서 시간이 없을 거예요.

∷ V−느라(고) 連接方法

詞幹末音節有收音和沒有收音的動詞後面都用「V−느라고」。

沒有收音時+ 느라고 보다+느라고→ 보느라고

有收音時+ 느라고 먹다+느라고→ 먹느라고

收音是「ㄹ」時→ ㄹ 느라고 만들다+느라고→ 만드느라고

활용 연습 活用練習 請在空格處填寫適當的內容。

原型	V-느라고	原型	V-느라고
드라마를 보다		책을 읽다	
여행을 가다		밥을 먹다	
요리하다		친구를 돕다	
청소하다		돈을 벌다	
태권도를 배우다		김치를 만들다	

02 얼마나/어찌나 V-는지 모르다, 얼마나 A-(으)ㄴ지 모르다

情景 「鮑里斯喜歡五花肉，所以吃得很多。」這時應該說「보리스 씨가 삼겹살을 얼마나 많이 먹는지 모르겠어요.」。「現在我在埃及。這裡太熱了。」這時應該說「이집트가 얼마나 더운지 몰라요.」。

삼겹살을 얼마나 많이 먹는지 모르겠어요.

說明 「얼마나 V-는지 모르다, 얼마나 A-(으)ㄴ지 모르다」與「먹다(吃), 덥다(熱)」等動詞和形容詞連用，表示「너무 A/V-아/어요(太/非常)」的意思。

요즘 얼마나 많이 먹는지 몰라요.

얼마나 피곤한지 모르겠어요.

장학금을 타려고 얼마나 열심히 공부했는지 모르겠어요.

어제 촬영하느라고 얼마나 힘들었는지 몰라요.

:: V-는지 連接方法

詞幹末音節有收音和沒有收音的動詞後面都用「V-는지」。

沒有收音時+ 는지 자다 + 는지 → 자는지

有收音時+ 는지 읽다 + 는지 → 읽는지

收音是「ㄹ」時→ㄹ+ 는지 팔다 + 는지 → 파는지

:: A-(으)ㄴ지 連接方法

詞幹末音節沒有收音的形容詞後面用「A-ㄴ지」，詞幹末音節有收音的形容詞後面用「A-(으)ㄴ지」。

沒有收音時+ ㄴ지 바쁘다 + ㄴ지 → 바쁜지

有收音時+ 은지 많다 + 은지 → 많은지

收音是「ㄹ」時→ㄹ+ ㄴ지 멀다 + ㄴ지 → 먼지

收音是「ㅂ」時→ 우 + ㄴ지 맵다 + 운 (우+ㄴ)지 → 매운지

:: A/V-았/었는지 連接方法

詞幹末音節沒有「ㅏ, ㅗ」的動詞和形容詞後面用「A/V-었는지」，詞幹末音節有「ㅏ, ㅗ」的動詞和形容詞後面用「A/V-았는지」。

沒有「ㅏ, ㅗ」時 + 었는지 먹다 + 었는지 → 먹었는지

有「ㅏ, ㅗ」時 + 았는지 많다 + 았는지 → 많았는지

收音是「ㄷ」時 → ㄹ + 었는지 걷다 + ㄹ었는지 → 걸었는지

收音是「ㅂ」時 → 우 + 었는지 춥다 + 웠 (우+었) + 는지 → 추웠는지

활용 연습 活用練習 請在空格處填寫適當的內容。

原型	얼마나 V-는지 모르다	얼마나 V-았/었는지 모르다
보다		
먹다		
읽다		
걷다		

原型	얼마나 A-(으)ㄴ지 모르다	얼마나 A-았/었는지 모르다
피곤하다		
바쁘다		
덥다		
맵다		

03 V-아/어 버리다

情景 「飯桌上有糖餡餅。想等朋友來了一起吃。可是太想吃了，我猶豫著吃還是不吃，最後全吃了。」這時應該說「호떡을 먹어 버렸어요.」。「明天有考試。所以今天要學習。可是我太睏了，猶豫睡還是不睡，最後睡著了。」這時應該說「어젯밤에 그냥 자 버렸어요.」。

說明 「V-아/어 버리다」與「먹다（吃），자다（睡）」等動詞連用，表示猶豫是否做某個動作，並在徹底完成該動作後感到痛快或遺憾。

호떡을
다 먹어 버렸어요.

케이크를 다 먹어 버렸어요.

컵을 떨어뜨려 버렸어요.

숙제를 놓고 와 버렸어요.

비싼 가방을 사 버렸어요.

:: V－아/어 버리다 連接方法

詞幹末音節沒有「ㅏ, ㅗ」的動詞後面用「V－어 버리다」，詞幹末音節有「ㅏ,
ㅗ」的動詞後面用「V－아 버리다」。

沒有「ㅏ, ㅗ」時＋어 버리다 먹다＋어 버리다→ 먹어 버리다

有「ㅏ, ㅗ」時＋아 버리다 보다＋아 버리다→ 봐 버리다

收音是「ㄷ」時→ㄹ＋어 버리다 듣다＋ㄹ어 버리다→ 들어 버리다

收音是「ㅂ」時→우＋어 버리다 줍다＋워 (우+어) 버리다→ 주워 버리다

활용 연습 活用練習　請在空格處填寫適當的內容。

原型	V－아/어 버리다	原型	V－아/어 버리다
몽골에 가다		보다	
술을 마시다		자다	
떡볶이를 먹다		독감에 걸리다	
말하다		피자를 만들다	
청소하다		돈을 줍다	
나이를 잊다		매력에 빠지다	
휴대폰을 바꾸다		고백하다	
길을 잃다		끝나다	

01 영화를 보느라고 못 받았어요.

가 왜 전화를 안 받았어요?

나 미안해요. 영화를 보느라고 못 받았어요.

신년회에
안 오다/못 가다
시험공부하다

가 _____?

나 _____.

출근 시간에 늦다
버스를 기다리다

가 _____?

나 _____.

숙제
안 하다/못 하다
주말에 친구를 만나다

가 _____?

나 _____.

만들어 보세요.

시험공부
안 하다/못 하다
아르바이트를 하다
…

가 _____?

나 _____.

02 요즘 촬영하느라고 얼마나 힘든지 몰라요.

가 피곤해 보여요. 무슨 일 있어요?

나 요즘 촬영하느라고 얼마나

힘든지 몰라요.

피곤해 보이다
요즘 촬영하느라고 힘들다

만나기 힘들다
결혼 준비하느라고
바쁘다

가 _____?

나 _____.

바빠 보이다
회의 준비하느라고
힘들다

가 _____?

나 _____.

피곤하다
시험공부하느라고
피곤하다

가 _____?

나 _____.

만들어 보세요.

행복하다
남자친구와
데이트하느라고
바쁘다
…

가 _____?

나 _____.

03 비비엔 씨가 다 먹어 버렸어요.

가 어? 피자가 어디에 갔지요?
나 비비엔 씨가 다 먹어 버렸어요.

피자
비비엔 씨가 다 먹다

맥주 보리스 씨가 마시다	가 _____ ? 나 _____ .

남은 돈 리리 씨에게 주다	가 _____ ? 나 _____ .

남은 음식 요나단 씨하고 수파킷 씨가 먹다	가 _____ ? 나 _____ .

빈 박스 스테파니 씨가 치우다	가 _____ ? 나 _____ .

<table>
<tr><td>

책
앙리 씨가
가져가다

</td><td>

가 _____?

나 _____.

</td></tr>
</table>

<table>
<tr><td>

꽃병
익겔 씨가
깨다

</td><td>

가 _____?

나 _____.

</td></tr>
</table>

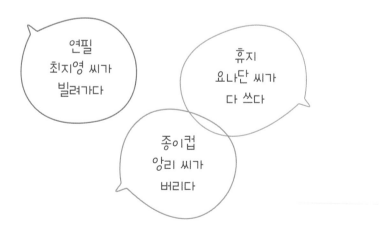

만들어 보세요.

가 _____?

나 _____.

연필
최지영 씨가
빌려가다

휴지
요나단 씨가
다 쓰다

종이컵
앙리 씨가
버리다

듣기 연습 聴力練習

請仔細聽CD，然後回答問題。

문제 1 이 사람은 어떤 회사에 취직하려고 해요?

문제 2 그 꿈을 이루기 위해서 어떤 준비를 했어요?

문제 3 이 사람은 지금 무엇을 걱정해요?

이준기와 이야기하기 跟李準基聊天

請仔細聽錄音。

리포터 오늘은 부산국제영화제에서 올해의 스타상을 받으신
이준기 씨를 만나 보겠습니다. 안녕하세요? 이준기 씨,
연예 뉴스 리포터 최지훈입니다.

이준기 안녕하세요? 반갑습니다.

리포터 이번 부산국제영화제에서 올 한 해 동안 가장 인기가 많은
배우에게 주는 올해의 스타상을 수상하신 소감이 어떠세요?

이준기 부족한 점이 많은 저에게 넘치는 사랑을 주셔서 감사드립니다.

리포터 이준기 씨가 데뷔한 지 얼마나 되셨지요?

이준기 데뷔한 것은 2003년인데 2005년 영화 <왕의 남자>와
2007년 드라마 <개와 늑대의 시간>에서 팬들의 큰 사랑을
받기 시작했어요.

이준기와 이야기하기 跟李準基聊天

리포터 이준기 씨, 작품마다 새로운 연기를 보여 주시는데
비결이 뭐예요?

이준기 부족한 점이 많습니다. 촬영이 없을 때는 영화도 보고
책도 읽으면서 연기 공부를 하고 있습니다.

리포터 영화배우로서 앞으로의 목표가 있다면 한 말씀 해 주세요.

이준기 진정한 연기파 배우로 30대, 40대……70대가 되어도 팬들과 함께
호흡하는 영화배우로 남고 싶습니다.

리포터 마지막으로 팬들에게도 한 말씀 해 주세요.

이준기 한결같이 곁에서 응원해 주시는 팬 여러분께 진심으로
감사드립니다. 앞으로도 더 좋은 작품으로 찾아뵙겠습니다.
사랑합니다.

읽어 보기 閱讀

입사 지원서 쓰기

1. 성격 및 성장 과정

저희 집은 경제적으로 특별히 부유하지는 않지만 화목한 가정입니다. 저희 부모님은 두 분 다 부지런하고 성실하신 분입니다. 저는 부모님이 참으로 자랑스럽습니다. 그런 부모님을 보고 자란 만큼 저와 제 동생도 부모님처럼 정직하고, 성실하고 부지런히 살아야 한다고 늘 생각하게 되었습니다. 그래서 무슨 일이든 작은 일에도 만족하며 열심히 하려고 항상 노력합니다. 또, 가족끼리 대화를 많이 하는 편이기 때문에 정서적으로 안정되어 있고, 다른 사람들과 소통하고 의견을 조율하는 일도 잘하는 편이라고 생각합니다.

2. 지원 동기

저는 어렸을 때부터 차를 매우 좋아했습니다. 차를 타는 것을 좋아하는 건 물론이고, 그저 보고만 있어도 행복할 정도였습니다. 그래서 어릴 때는 하루 종일 차를 운전할 수 있는 택시나 버스 기사가 되고 싶다는 꿈을 갖고 있었습니다. 이런 꿈이 일시적인 것이 아니었기 때문에 다양한 자동차 관련 서적을 통해 꾸준히 차에 대한 지식도 얻었고, 결국에는 대학에서 자동차학을 공부하게 되었습니다. 이제는 한국자동차에 입사하여 전공을 살리고 또 오랫동안 꿈 꾸어 온 차와 함께하는 삶을 살고 싶습니다.

3. 희망 업무 및 포부

「일을 좋아하는 사람은 일을 열심히 하는 사람을 이길 수 없고, 일을 열심히 하는 사람은 일을 즐기는 사람을 이길 수 없으며, 일을 즐기는 사람

읽어 보기 閱讀

은 일에 미쳐 있는 사람을 이길 수 없다」는 말이 있는 것처럼 차를 진심으로 좋아하여 거기에 미쳐 있는 것이 저의 가장 큰 강점이라고 생각합니다. 차를 사랑하는 그 마음으로 성능이 좋으면서도 안전한 차, 그리고 외관도 멋진 차를 만드는 데에 기여하고, 한국뿐 아니라 전 세계인들에게 사랑받는 차를 만드는 데 기여하고 싶습니다. 저에게 꼭 한국자동차에서 일할 기회를 주십시오.

읽어 보기 단어 閱讀詞彙

부유하다 [부유하다] 富有，富裕		**화목하다** [화모카다] 和睦	
만족하다 [만조카다] 滿足，滿意		**정서적** [정서적] 情緒性，情感上	
소통하다 [소통하다] 溝通，交流		**지원** [지원] 應聘	
일시적 [일씨적] 臨時性		**관련** [괄련] 關聯，有關	
서적 [서적] 書籍		**꾸준히** [꾸준히] 堅持不懈	
결국 [결국] 結果，終於		**자동차학** [자동차학] 汽車學	
삶을 살다 [살믈살다] 生活，活著		**희망** [히망] 希望	

업무 [엄무] 業務	**포부** [포부] 抱負
미치다 [미치다] 瘋狂，著迷，波及	**강점** [강 : 쩜] 優勢，長處
성능 [성능] 性能	**외관** [외관] 外觀
기여하다 [기여하다] 貢獻	
의견을 조율하다 [의겨늘조율하다] 協調意見	
전공을 살리다 [전공을살리다] 發揮專長	

이준기와 함께하는
안녕하세요
한국어

부록
附錄

본문 번역
課文翻譯

이준기와 이야기하기 번역
「跟李準基聊天」翻譯

듣기 지문
聽力原文

문법·회화 연습 답안
語法·會話練習的答案

색인
索引

본문 번역 課文翻譯

01

性格比較樂觀、活潑

李準基	史蒂芬妮，上週的相親會怎麼樣啊？
史蒂芬妮	哦，非常好。
李準基	是個怎樣的人啊？
史蒂芬妮	人長得又高又帥。
李準基	是嗎？性格怎麼樣呢？
史蒂芬妮	性格偏樂觀、活潑。
李準基	你的性格也很活潑開朗，所以你一定很喜歡他吧？
史蒂芬妮	嗯，我很滿意。所以我當時裝得很文靜。
李準基	那你灑脫的真面目被揭穿就麻煩大了。
史蒂芬妮	是啊，所以我也在擔心呢。以後吃飯也要裝作飯量很小，談吐也要優雅一點呢。
李準基	你要變身淑女了啊！肯定會很有意思的。
史蒂芬妮	話說回來，你女朋友是個怎樣的人呢？
李準基	我女朋友既漂亮又可愛。
史蒂芬妮	性格怎麼樣呢？
李準基	有點謹慎，但是責任心偏強，算是個仔細認真的人。
史蒂芬妮	哈哈，你的性格偏急，所以你倆肯定很合拍吧？
李準基	嗯，我們倆可是天作之合。

02

決定參加TOPIK考試（韓國語能力考試）

維維安：喬納森，你在幹什麼呢？

喬納森：哦，維維安，我在制訂新年計劃呢。

維維安：新年計劃？你有什麼特別的計劃嗎？

喬納森	今年我想挑戰一下TOPIK考試。因為我想知道自己的韓國語程度到底如何，而且有目標的話，可能就會更努力地去學習呢。
維維安	是嗎？我也想考TOPIK，可是我還沒有學好韓國語，沒信心啊。你打算考幾級啊？
喬納森	我這次想考中級。如果中級過了，就挑戰一下高級。
維維安	你還要考高級？喬納森你太厲害了。
喬納森	哪有啊。那維維安你今年有什麼計劃嗎？
維維安	我決定減肥。今年一定要成功。之後想和朋友們一起去關島旅行。我要在關島穿著漂亮的比基尼拍很多美照。
喬納森	要去關島？真不錯呢。可是你打算怎麼減肥啊？
維維安	首先，我打算晚飯吃少點。並且我決定早上要和朋友們一起去爬山。爬完山後下午我打算去學游泳。
喬納森	會不會太累啊？可不能因為運動後肚子餓就吃很多啊。哈哈。
維維安	嗯，知道了。不管怎樣，我們都努力去完成自己的計劃吧。

03

一起走走濟州偶來小路

〈在機場〉

蘇帕克	哇！崔志英，我們終於到達濟州島了。
崔志英	是啊，我也很興奮。
蘇帕克	濟州島什麼有名呢？
崔志英	濟州島美麗的大海、漢拿山和偶來小路很有名。而且濟州島以石頭多、風多、女人多而出名，因此也被稱為「三多島」。
蘇帕克	啊，這樣啊。崔志英，你不餓嗎？我們先

	吃飯可以嗎？
崔志英	哈哈，知道了。那我們就先吃午飯吧。

〈在飯館〉

蘇帕克	崔志英，濟州島有什麼有名的食物啊？
崔志英	濟州島有很多有名的食物，其中海鮮非常出名。你吃過生魚片和鮑魚粥嗎？
蘇帕克	我吃過生魚片，但還沒喝過鮑魚粥。
崔志英	那我們就吃生魚片吧。還有用海女們剛抓捕的新鮮鮑魚做成的鮑魚粥。
蘇帕克	嗯，好啊。那麼我們可以看見海女嗎？
崔志英	這個嘛……也許在飯館附近可以見到。
蘇帕克	那我們吃完午飯後要做什麼啊？
崔志英	今天我們一起去偶來小路走走吧。明天我們去城山日出峰。如果天氣好，我們還能在城山日出峰看到美好的日出呢。
蘇帕克	真的嗎？那明天天氣會晴朗嗎？
崔志英	這個嘛……明天可能會是晴天吧。

04

參加過韓國語演講比賽嗎？

葉月	喂？鮑里斯，你現在方便聽電話嗎？
鮑里斯	啊，是葉月啊。可以，你有什麼事啊？
葉月	我想問你點事。你在做什麼呢？
鮑里斯	我想去圖書館。因為下週有韓國語演講比賽，我得寫文稿。
葉月	鮑里斯，你要參加韓國語演講比賽？
鮑里斯	是的，我作為我們班的代表參加。葉月你參加過韓國語演講比賽嗎？
葉月	沒有。我雖然沒參加過韓國語演講比賽，但是參加過韓國語寫作比賽。因為我喜歡寫文章。
鮑里斯	寫作比賽？哇，你太厲害了！對我來說，用韓國語寫作還是很困難呢。其實，我對

	演講比賽也沒有信心。
葉月	鮑里斯，你別太擔心了。我那時也覺得很困難，差點就中途放棄了。當時老師教了我很多，並一直鼓勵我，我才堅持到了最後。
鮑里斯	這樣啊！謝謝了。我也會竭盡全力堅持到底的。
葉月	是的，這一定會成為你心中的美好回憶的。加油吧！
鮑里斯	啊，葉月，你剛才不是說想問我什麼的嗎？
葉月	啊，對了。光說其他的，差點就掛電話了。等會晚上我要跟維維安和喬納森一起去看電影。你要不要一起去啊？
鮑里斯	好啊。那晚上見啊。

05

我幫你拿行李吧

〈在搬新家的麗麗家中〉

麗麗	李準基，謝謝你來幫忙。
李準基	謝什麼啊。我當然要來了。我要先做什麼呢？
麗麗	你幫我接一下這個箱子吧。
李準基	嗯，知道了。這個箱子裡的衣服怎麼弄啊？
麗麗	你幫我把那些衣服掛到小房間的衣櫃裡吧。
李準基	我幫你洗一下這邊的咖啡杯吧？
麗麗	嗯，洗好後幫我放在瀝水架上。
李準基	麗麗，現在差不多都整理完了吧？
麗麗	是的。不過還要去超市買一些需要的東西。
李準基	是嗎？那我也一起去幫你拿東西吧。

麗麗	真的嗎？太感謝了。

〈在大型超市〉

李準基	麗麗，我去推購物車過來，你在這裡稍等一下。
麗麗	好的，謝謝。 （過了一會）李準基，這個窗簾怎麼樣？漂亮吧？
李準基	是的，很漂亮。不過白色很容易髒。 等一下。店員，請問這個窗簾沒有其他顏色嗎？
店員	有的。還有粉紅色與淺綠色，您要看一下嗎？
麗麗	好的。李準基，淺綠色漂亮吧？
李準基	哇，非常漂亮啊！那就買這個。
麗麗	好。今天真是太感謝了。
李準基	哪裡的話。下次你一定要辦喬遷喜宴啊。
麗麗	嗯，當然了。

06

你明天有時間嗎？

史蒂芬妮	阿卜杜拉，你明天有時間嗎？
阿卜杜拉	明天？嗯⋯⋯ 上午與朋友有約，但是一點以後就沒事了。怎麼了？有什麼事嗎？
史蒂芬妮	沒什麼，我幾天前搬家了。
阿卜杜拉	是嗎？上次那棟房子挺好的，為什麼要搬家啊？
史蒂芬妮	房子是挺好，可是離地鐵站太遠了，不太方便。
阿卜杜拉	無論如何，恭喜你啊。那你是要辦喬遷喜宴嗎？
史蒂芬妮	嗯。我還邀請了李準基，你也一起來吧。
阿卜杜拉	好啊。那我要幫你買什麼禮物呢？
史蒂芬妮	不用了。我已經收了很多禮物了。什麼都

不需要，你人來就行了。

阿卜杜拉	嗯⋯⋯ 那我們幫你買些洗衣精和衛生紙怎麼樣？
史蒂芬妮	好的，謝謝。
阿卜杜拉	你的新家在哪裡啊？
史蒂芬妮	我家在光化門的龍飛御天歌五號樓二〇三號。
阿卜杜拉	哦，你搬到光化門了啊。
史蒂芬妮	嗯。你明天一定要來啊。
阿卜杜拉	嗯，謝謝你邀請我。再見。

07

聽說要送糯米糕和麥芽糖作禮物

亨利	維維安，你要去哪裡啊？
維維安	我要去年糕店買糯米糕。
亨利	為什麼要買糯米糕啊？
維維安	因為明天麗麗要參加TOPIK考試，所以我想送她糯米糕作為禮物。
亨利	麗麗喜歡糯米糕嗎？
維維安	哈哈，不是的。聽說在韓國考試那天一般要送糯米糕和麥芽糖作為禮物。
亨利	為什麼要送糯米糕和麥芽糖啊？
維維安	聽說如果考試那天吃了糯米糕，就能通過考試。麥芽糖不是也很黏嗎？因此，有送糯米糕和麥芽糖作禮物的習俗。
亨利	原來如此！啊，對了，阿卜杜拉也說明天要考TOPIK。
維維安	是嗎？你打電話問一下他的考場在哪裡。如果是和麗麗在同一個考點，那我們就一起去幫他們加油打氣吧。
亨利	好主意！除了糯米糕和麥芽糖以外，還可以送別的禮物嗎？
維維安	最近也有人送衛生紙和叉子作禮物。
亨利	為什麼要送衛生紙和叉子啊？

維維安	送衛生紙的寓意是難題會像抽拉衛生紙那樣順利地得到解決。送叉子的寓意是即使碰到不會的題目也能選對答案。
亨利	哈哈哈，這些想法真是太棒了。
維維安	是吧？不過考試那天是絕不能喝海帶湯的。
亨利	為什麼啊？
維維安	聽說因為海帶非常光滑，所以考試喝海帶湯會落榜。
亨利	這樣啊！那我們也去買糯米糕和麥芽糖吧。

08

下雨天我們一起做泡菜餅吃好嗎？

伊格爾	喬納森，明天是週末，我們去南怡島騎自行車吧？
喬納森	嗯，好啊。不過最近是雨季，有可能會下雨。
伊格爾	等一下。我在網上看一下天氣預報。
喬納森	（過了一會）明天天氣怎麼樣？
伊格爾	天氣預報說，由於連日來持續的雨季，暴雨和酷熱不斷反覆。目前以釜山為中心下暴雨，並伴有雷電天氣。從明天開始全國受颱風「布拉萬」的影響，預計會出現暴雨並伴有雷電天氣。還說因為危險而不要在戶外活動。
喬納森	哎呀，那沒辦法騎自行車了啊。
伊格爾	唉！因為是雨季，這個週末也沒辦法去戶外活動了。
喬納森	伊格爾，蒙古到了夏天也經常下雨嗎？
伊格爾	不是的。蒙古雖然也下雨，但是沒有像韓國這樣每天下雨的雨季。
喬納森	哦，這樣啊。
伊格爾	啊，對了，聽說韓國人在下雨天會吃泡菜餅。
喬納森	是嗎？那我們跟崔志英說如果下雨就一起做泡菜餅吃吧？
伊格爾	好啊。我們現在就打電話，如果她明天有時間來我們家吧。
喬納森	好主意。

09

你吃包飯嗎？

崔志英	鮑里斯，你來韓國兩個多月了吧？現在韓國食物吃得還習慣嗎？
鮑里斯	剛開始因為韓國食物太辣而吃不習慣，不過現在很喜歡吃。
崔志英	鮑里斯，你最喜歡吃什麼韓國食物？
鮑里斯	五花肉、馬鈴薯湯、烤肉等我都喜歡。不過，我還有很多食物沒吃過呢。
崔志英	是嗎？鮑里斯，那麼我們今天中午去吃包飯怎麼樣？你吃包飯嗎？
鮑里斯	包飯？我還沒吃過呢。想去嘗嘗呢。
崔志英	那麼我們今天去吃包飯吧。
鮑里斯	好的。

〈在包飯餐館裡〉

崔志英	鮑里斯，我教你包飯怎麼吃好吃吧。
鮑里斯	啊，包飯還有特別的吃法嗎？
崔志英	當然了。首先，因為吃包飯的時候需要經常用到手，所以要把手擦乾淨。
鮑里斯	你是說包飯要用手吃嗎？我把手擦乾淨了。然後要怎麼做呢？
崔志英	然後把生菜鋪在手掌上，在生菜上放適量的米飯、肉和蔬菜，然後再放點醬，漂亮地包起來吃就可以了。
鮑里斯	啊，包起來吃的飯就是包飯啊！這個名字真有意思。

崔志英	不過包得太大一口吃不下的。
鮑里斯	沒關係。真好吃！肉、蔬菜和醬搭配起來真是美味啊！
崔志英	鮑里斯，真慶幸包飯合你胃口。

10

想和什麼樣的人結婚？

蘇帕克	葉月，你想和什麼樣的人結婚啊？
葉月	這個嘛……最好是和我愛好相投的人。因為我比較活潑好動，所以最好是喜歡運動或旅行的人。
蘇帕克	我也是這麼想的。因為愛好相同的話，共同話題就會更多。
葉月	我比較瘦，所以希望找一個個子比較高、胖乎乎的對象。
蘇帕克	哈哈，聽說人一般都會被與自己風格不同的異性吸引。看來葉月你也是這樣啊。
葉月	另外，我有點笨手笨腳的，所以希望能遇到一個細心的人。
蘇帕克	那麼你喜歡從事什麼職業的人呢？
葉月	嗯……最好是像公務員或老師那樣有固定上下班時間的職業。
蘇帕克	葉月你偏好有穩定職業的人啊。
葉月	其實，我只是希望找一個有時間和家人多相處的對象。蘇帕克，你想和從事什麼職業的女人結婚呢？
蘇帕克	我希望她從事像音樂家或畫家那樣熱情而自由的職業。
葉月	哇，蘇帕克，你喜歡藝術家啊？真的好意外啊。
蘇帕克	因為我喜歡寫文章和畫畫，所以覺得與這樣的人結婚會有共同話題。
葉月	那麼蘇帕克，你對配偶的經濟狀況怎麼看呢？

蘇帕克	當然是錢多最好了，但是我認為兩個人一起共同開創未來更重要。
葉月	我也認為如果兩個人相愛，經濟方面的因素並不重要。

11

每個國家的文化都不一樣啊

李準基	你好，麗麗。下週是中秋節，你準備做什麼啊？
麗麗	我和維維安約好一起去崔志英家了。
李準基	啊，崔志英家是個大家庭，因此在她家應該能很好地感受到韓國的節日氣氛。
麗麗	是的。可是我對韓國的節日還不太了解。
李準基	是嗎？在韓國，中秋節和春節是最重要的節日。可是中秋節只在韓國是比較大的節日。而在中國、越南、日本、新加坡等東方國家，春節則是名副其實的大節日。
麗麗	李準基，中秋節時要拜年吧？
李準基	不，春節時要拜年。
麗麗	啊，是這樣啊。那麼中秋節時吃什麼呢？
李準基	中秋節時和家人一起吃松餅。在中國中秋節時吃什麼呢？
麗麗	在中國吃月餅。那麼在韓國春節時吃什麼呢？
李準基	春節時吃年糕湯。
麗麗	啊，是嗎？在中國吃年糕和餃子。
李準基	啊，是這樣啊。韓國和中國雖然是鄰近的國家，可是節日裡吃的食物是卻不一樣的。
麗麗	那中秋節和春節時家人一般做什麼呢？
李準基	中秋節時，家人一般在一起包松餅，然後賞月並許願。春節時，家人會一起玩尤茨遊戲。

麗麗	啊，是這樣啊。每個國家的文化都不一樣啊。

鮑里斯	多幫助。嗯，那等你面試完我們再聯繫。

因為準備找工作而很累

伊格爾	前輩，你好！我是伊格爾。你最近好嗎？
鮑里斯	嗯，我過得很好。你也過得挺好吧？
伊格爾	我現在大四了，因為準備找工作而很累。
鮑里斯	已經大四了啊！你想去什麼樣的公司工作呢？
伊格爾	其實我向前輩你任職的公司投了簡歷。下週二面試。前輩你面試的時候怎麼樣啊？
鮑里斯	別提了。我那天不知道有多緊張呢。面試官問我應聘公司的目的是什麼，我不管三七二十一就說喜歡旅遊。
伊格爾	哈哈，真的嗎？
鮑里斯	本來應該說因為我們公司是旅行社，我喜歡旅遊，所以才來應聘。結果完全變成胡言亂語了。不過面試官笑著說讓我放鬆，於是我後來的問題回答得都滿好，就通過了。
伊格爾	啊，是這樣。當時都問前輩哪些問題了啊？
鮑里斯	嗯⋯⋯ 問我選擇職業時最重要的是什麼，還問我公司需要經常去國外出差，對此我有何想法等。
伊格爾	啊。
鮑里斯	我還聽同期入職的人說，有個問題是，如果去無人島，只能帶三樣東西，想帶什麼東西去。
伊格爾	啊，真的還問這種問題啊？
鮑里斯	最近提的問題真是五花八門呢。不過你也別太過擔心，你肯定能回答得很好。
伊格爾	不管怎麼說，謝謝前輩百忙之中給我這麼

이준기와 이야기하기 번역 「跟李準基聊天」翻譯

01

李準基

大家好！我叫李準基。我是韓國人。我善於交際，性格活潑開朗。所以我比較喜歡去新的地方結識新朋友。可是我有點愣頭愣腦，所以有時也會失誤。那時如果沒有經紀人就麻煩了。我的很多粉絲們都說這樣的我顯得更親切自然。最近我希望自己變得更加沉穩，所以不管做什麼事之前都會三思而行。

史蒂芬妮

大家好，我叫史蒂芬妮。來自澳大利亞。我的性格比較內向。所以我第一次與陌生人見面時會不太合群。但是我經常傾聽別人的苦惱，所以我有比較多交心的朋友。我責任心強，性格比較沉穩認真，所以不管做什麼事，都會竭盡全力堅持到底。

02

伊格爾	李準基，今天電影拍攝得怎麼樣啊？
李準基	有點疲憊，不過很愉快。都是託你的福啊！ 謝謝你今天幫我做翻譯。
伊格爾	哪裡啊。我也覺得挺有意思。 回韓國之前，你打算在蒙古做什麼呢？
李準基	我想和其他演員一起在草原上騎馬。
伊格爾	哦，李準基，你會騎馬嗎？
李準基	當然了！我在拍電視劇《阿娘使道傳》時學的。
伊格爾	哦，這樣啊。我也想在遼闊的草原上策馬奔騰。
李準基	哦，你會騎馬嗎？
伊格爾	當然了！我是蒙古人啊。哈哈！ 躺在草原上仰望那滿天的繁星更是美不勝收。

李準基	是啊。不過，什麼蒙古食物好吃呢？
伊格爾	在草原上馳騁後，吃上一頓美味的皓勒皓客烤肉會非常不錯的。
李準基	是嗎？那我們騎完馬後，一起去吃皓勒皓客烤肉吧。
伊格爾	好啊。我帶你去一家非常好吃的飯館。
李準基	好的，謝謝。

03

跟李準基聊天1

李準基	哦，史蒂芬妮，你在做什麼呢？
史蒂芬妮	我這週末想去釜山，正在制訂旅行計劃。李準基你去過釜山嗎？
李準基	當然了！我的家鄉就是釜山。這週末我也要去釜山，我們一起去好嗎？
史蒂芬妮	真的嗎？好啊。釜山什麼有名啊？
李準基	釜山的海雲台和影島大橋夜景很有名。還有就是各式各樣的美食。
史蒂芬妮	啊，是嗎？我去釜山一定要吃很多好吃的。 釜山最有名的食物是什麼啊？
李準基	釜山有很多有名的食物呢。 你一定要嘗嘗釜山魚丸和堅果糖餅。
史蒂芬妮	堅果糖餅？這是什麼食物啊？
李準基	在首爾賣的糖餅中只有糖，而在釜山的堅果糖餅中還有瓜子、南瓜籽、花生粉等多種香噴噴的果仁。
史蒂芬妮	是嗎？那一定很好吃！

跟李準基聊天2

李準基

大家好！我是李準基。我非常喜歡旅行。因此今天我向大家介紹一下我喜歡去的地方。這就是日本的橫濱。從東京坐地鐵大約三、四十分鐘就到達橫濱了。因為橫濱是一個港口城市，所以是較早接受外國文化

的地方。因此，橫濱現在還有很多西式老建築，從而形成了橫濱獨有的氛圍。在漂亮的建築前拍張照片吧。這會成為你心中的美好回憶。而且這裡還有各種新奇的博物館。方便麵博物館、咖哩博物館……很有意思吧？在這些博物館裡，既可以了解美味的方便麵和咖哩的歷史，又可以品嘗這些美食，還可以把它們買回去做禮物。大家一定要去看看啊。真的很有意思。最後，橫濱的夜景也是非常有名的。很多人邊欣賞著橫濱美麗的夜景邊約會。大家也和自己的男朋友或女朋友一起去約會看夜景吧。這樣肯定會非常浪漫的。

04

跟李準基聊天1

李準基	葉月，你大汗淋漓的，出什麼事了嗎？
葉月	唉，我今天早上太累了。
李準基	為什麼啊？
葉月	鬧鐘響了，可是我把它關掉了，就睡了個懶覺。
李準基	哎呀，那差點遲到了啊。
葉月	所以我急急忙忙邊洗澡邊刷牙，差點把牙膏吃了。
李準基	你早上真是夠累的啊。
葉月	然後我跑著去坐地鐵，結果差點在樓梯上摔倒。
李準基	啊，沒有傷到吧？
葉月	嗯，幸好沒受傷。而且還不止這些呢。
李準基	還有？
葉月	是的。我下地鐵後跑著跑著撞到了別人，差點把那人端著的咖啡給弄灑了。
李準基	天哪，葉月，你累壞了吧。坐下來休息一下吧。

跟李準基聊天2

李準基

我第一次演功夫電影時，曾經在片場差點喪命。那個鏡頭是我在空中用腳踹對方演員，當時吊索斷了，我差點就死掉了。因此當時導演和工作人員都嚇了一大跳。幸虧鋪了床墊，我沒有怎麼受傷。所以我真的非常害怕到高處。兩年前去紐西蘭的時候，我曾經和粉絲們一起高空彈跳。當時我也是怕得要死。其實，我真的很怕到高處。因此剛開始我只是在旁邊看粉絲們高空彈跳。可是粉絲們對我說：「你也試一下吧。其實高空彈跳並沒有看起來那麼可怕，還是很有意思的。」我猶豫了半天，才鼓起勇氣試了一下。太可怕了，我嚇得差點就沒命了。如果再來一次，我肯定就嚇死了。即使現在想起那時候，我也是心有餘悸。

05

李準基

我今天沒有拍攝電影，覺得很無聊。因此，我去幫麗麗搬家了。我幫她提重的箱子，幫她把箱子裡的衣服掛到衣櫃裡，還幫她洗了咖啡杯。麗麗下週要辦喬遷喜宴。我也會去參加。麗麗要是做美味的中國菜就好了。我買什麼禮物過去好呢？

麗麗

我今天搬到了報社附近的一個小型商住兩用公寓。在李準基的幫助下，我很快就搬完了。李準基幫我整理衣服，幫我提重的行李，還幫我整理書。真的非常感謝他。因此，我下週末要辦喬遷喜宴。我想做合李準基口味的美食。李準基喜歡什麼食物呢？

李準基	大家快進來啊！
維維安	準基呀，謝謝你邀請我來參加你的喬遷喜宴。把這個收下吧。
李準基	哎呀，只要人過來就行的。幹嘛還買這麼多東西啊？
阿卜杜拉	我們是第一次參加韓國的喬遷喜宴，也不知該買什麼禮物好。
維維安	所以阿卜杜拉和我上網查了查。
李準基	真的嗎？好期待啊！
阿卜杜拉	送捲筒衛生紙作禮物，其寓意是任何事都會像抽拉衛生紙那樣輕易解決吧？
維維安	送洗衣粉作禮物，其寓意是今後會像肥皂泡一樣財源滾滾？
李準基 阿卜杜拉 維維安	太棒了！你們做了不少功課啊！我會好好用的。謝謝。那麼我們現在吃飯吧？
阿卜杜拉	準基啊，你做飯了？
李準基	當然了！我辛辛苦苦做的，即使不好吃你們也要多吃點啊！ 哇，肯定很好吃。那我們開動了啊。

李準基	維維安，你那麼認真地在看什麼呢？
維維安	我在網上看新聞呢。
李準基	有什麼有趣的內容嗎？
維維安	網上說從二〇一三年開始，韓文節會重新成為國定假日。
李準基	是啊。我今天早上也在新聞裡看到了。
維維安	為什麼之前韓文節不算國定假日呢？
李準基	原本是國定假日，後來因為國定假日太多了，就不讓休了。
維維安	真的嗎？太不像話了。我在學習韓國語的過程中覺得韓文是一種非常美麗、優秀的

文字。我認為韓文節一定要成為國定假日，讓所有人都能記住並紀念這一天。

李準基	是的。我也是這麼想的。世宗大王真是令人驕傲啊。
維維安	其他韓國人是怎麼想的呢？
李準基	當然很多人都認為韓文節應該成為國定假日。因為韓文對我們所有人來說都是值得驕傲和珍惜的文字。但聽說也有人有其他想法。
維維安	別的想法？
李準基	因為韓文節成為國定假日的話，那天就不用上班，也不用上學了。
維維安	哈哈，原來如此。

天氣預報

「現在為您播報天氣情況。連日來寒流與暴雪天氣一直在持續。目前以首爾為中心是降雪天氣，其他地方大都是晴朗天氣。釜山遭遇了二十年未遇的暴雪天氣，預計會造成無法估量的災害。明天全國將大範圍降雪。早晨氣溫首爾零下13度，大田零下7度，釜山零下5度。白天氣溫首爾零下6度，釜山3度。受冷風影響，體感溫度會更低。明天請減少戶外活動，多待在溫暖的室內。同時請注意避免結冰路面發生事故。」

維維安	哦，又下雪了啊。
李準基	真冷啊。現在差不多有零下20度吧？
維維安	嗯…… 今天早上天氣預報說最低氣溫為零下10度，白天最高氣溫為零下3度。
李準基	真的嗎？鮑里斯說如果下雪就一起去滑雪。可是天氣太冷了，我有點擔心。
維維安	明天是週末，我們叫他一起去吧？
李準基	好的。我們現在就打電話問他明天有沒有時間吧。
維維安	好主意。

09

李準基	葉月，你最喜歡什麼韓國食物？
葉月	嗯……我很喜歡雞排和泡菜炒飯。
李準基	啊，我也喜歡雞排和放了火腿的泡菜炒飯。
葉月	那李準基你會做泡菜炒飯嗎？
李準基	當然了。泡菜炒飯就交給我吧。
葉月	真的嗎？那你能不能教教我怎麼做啊？
李準基	好啊。首先，準備好醃好的泡菜比較重要。
葉月	啊，要準備醃好的泡菜啊。
李準基	是的。還需要準備兩碗米飯，一根火腿，一個洋蔥，兩大勺食用油，一大勺香油，三個雞蛋。
葉月	啊，還需要香油和雞蛋啊。
李準基	首先，把泡菜切小塊，把火腿和洋蔥切成1公分大小。然後，把洋蔥和火腿放入倒了食用油的煎鍋裡炒3分鐘。接下來放入泡菜炒一下。
葉月	要先把洋蔥、火腿、泡菜放進鍋裡炒一下啊。
李準基	是的。在裡面放入兩碗米飯炒5分鐘，然後盛到盤子裡，把煎蛋放上去。美味的泡菜炒飯就完成了。
葉月	哇，看起來很好吃啊。李準基，你泡菜炒飯做得真不錯啊。
李準基	那當然了。

製作泡菜炒飯

三人份食材

醃好的泡菜：300克
米飯 2碗
火腿 1根
洋蔥 半個
食用油 2大勺
香油 1大勺
雞蛋 3個

製作方法

1.將醃好的泡菜切小塊。
2.將洋蔥和火腿切成1公分大小。
3.將洋蔥和火腿放入煎鍋中炒3分鐘，再將步驟1的泡菜放入鍋中繼續炒。
4.放入兩碗米飯再炒5分鐘
5.盛到盤子裡，放上煎蛋。

10

跟李準基聊天1

維維安	李準基，你想在多少歲的時候結婚啊？
李準基	嗯……我現在三十歲，那就三十三歲左右結婚？你怎麼突然問我這個啊？
維維安	哇！李準基，你三十歲了嗎？你看起來好年輕啊。好像二十歲出頭呢。
李準基	真的嗎？謝謝誇獎。
維維安	我不久前在書上看到，說在韓國一般男人在三十二歲，女人在二十九歲左右結婚。
李準基	結婚固然好，但是越來越多的人更想做自己想做的事情，自由自在的生活。
維維安	是啊。那麼我給你出一道謎題吧。在我看過的那本書中，哪個國家的人結婚最早？
李準基	嗯……是中國嗎？
維維安	啊，好可惜，是尼泊爾。聽說在尼泊爾一般男人在二十二歲，女人在十九歲就結婚了。
李準基	十九歲？好早啊。
維維安	我也希望早點結婚。

跟李準基聊天2

李準基

大家好！今天我來談談自己的婚姻觀。首先，我希望能遇到一個理解我的職業，並且獨立自主的人。其

次，因為我喜歡電影和音樂，所以最好是和我愛好相投，能一起去看電影、聽音樂會的人。我以前就羨慕恩愛的夫妻。因此，我想和另一半週末一起去爬山，冬天一起去滑雪，並希望和老婆開始像兒時夢想的扮家家酒那樣的婚姻生活。我結婚以後想成為一名體貼的丈夫。我想為太太沖煮咖啡，因此最近正在學煮咖啡。即使不是特殊的日子，我也會偶爾給妻子買花，在週末也會幫忙打掃衛生、倒垃圾。我肯定會成為這樣的丈夫的。在晚上，我會傾聽妻子的訴說，會陪孩子們愉快地玩耍。我肯定會成為這樣的爸爸的。大家希望自己成為別人怎樣的另一半呢？

(11)

李準基	維維安，韓國食物中你最喜歡什麼呢？
維維安	我非常喜歡五花肉。
李準基	哦，我也喜歡五花肉。今天晚上和阿卜杜拉一起去吃五花肉吧？
維維安	阿卜杜拉是埃及人，能吃豬肉嗎？
李準基	啊，對了，應該不能吃呢。
維維安	而且聽說齋戒期間有太陽的時候什麼也不能吃。
李準基	哇，阿卜杜拉這麼喜歡吃東西，該怎麼辦啊？
維維安	哈哈。聽說在印度是不能吃牛肉。
李準基	是嗎？雖然我也喜歡豬肉和牛肉，但是我們在一起聚會時得吃雞肉了啊。
維維安	哈哈，這是個好主意。
李準基	聽麗麗和蘇帕克說，在中國和泰國吃完午飯有睡午覺的時間。
維維安	哇，好羨慕啊。我很喜歡睡午覺的……第一次來韓國的時候，我在熱炕房睡了午覺，非常暖和，感覺很好。
李準基	德國沒有熱炕嗎？
維維安	是的，沒有。我來韓國後第一次見到。
李準基	每個國家的文化真是不同啊。

(12)

記者	今天我將採訪在釜山國際電影節上獲得年度明星獎的李準基。你好，李準基！我是娛樂新聞記者崔志勛。
李準基	你好！很高興接受你的訪問。
記者	你在本次釜山國際電影節上榮獲年度明星獎，這個獎項頒發給年度最受歡迎的演員。請發表一下你的獲獎感言吧。
李準基	其實我還有很多不足，感謝大家給予我的厚愛。
記者	請問李準基你出道多長時間了？
李準基	我於二〇〇三年出道，在二〇〇五年演了電影《王的男人》，在二〇〇七年演了電視劇《狗和狼的時間》，由此開始受到粉絲們的喜愛。
記者	李準基，你在每部作品中都表現出嶄新的演技，請問祕訣是什麼？
李準基	我還有很多不足。沒有拍攝工作時，我會邊看電影和書本邊學習演技。
記者	作為電影演員，你今後有什麼目標？
李準基	我想成為真正的演技派演員，即使到了三十多歲、四十多歲乃至七十多歲也能受到粉絲們的喜愛。
記者	最後請你跟粉絲們說幾句吧。
李準基	始終在身邊支持我的粉絲們，在此我向你們表示衷心的感謝。今後我會演更好的作品來回報大家。我愛你們！

듣기 지문 聽力原文

01 p. 34

압둘라: 리리 씨, 남자 친구 있어요?

리 리: 아니요, 아직 없어요.

압둘라: 리리 씨는 어떤 사람을 좋아하세요?

리 리: 제가 조용한 편이라서 남자 친구는 좀 적극적이고 활발한 사람이면 좋겠어요.

압둘라: 그래요! 그럼 어떤 사람을 싫어하세요?

리 리: 저는 점잖은 척하는 사람을 싫어해요.

압둘라: 하하하, 그렇군요!

리 리: 그런데 압둘라 씨는 여자 친구 있어요?

압둘라: 아니요, 아직 없어요.

리 리: 그래요? 압둘라 씨는 낭만적이고 원만한 성격이라서 여자들한테 인기가 많을 것 같은데…….

압둘라: 리리 씨, 좋은 사람 있으면 소개해 주세요.

리 리: 압둘라 씨는 어떤 사람을 좋아하세요?

압둘라: 저는 긍정적이고 명랑한 사람을 좋아해요.

리 리: 그래요? 그럼 어떤 사람을 싫어하세요?

압둘라: 저는 특별히 싫어하는 사람은 없어요.

<정답>

압둘라: 긍정적이고 명랑한 사람/특별히 싫어하는 사람은 없어요.

리 리: 적극적이고 활발한 사람/점잖은 척하는 사람

02 p. 54

최지영: 수파킷 씨, 내일 주말인데 뭐 해요?

수파킷: 내일 방콕에서 친구가 와서 같이 서울 구경을 하기로 했어요.

최지영: 아! 그래요? 어디에 갈 거예요?

수파킷: 오전에 경복궁을 보고 나서 인사동에 가려고 해요. 그 친구는 한국에 처음 오는데 무엇을 먹으면 좋을까요?

최지영: 그럼 비빔밥을 먹으면 어때요?

수파킷: 앗! 그 친구는 매운 음식을 못 먹어요.

최지영: 그럼 쌈지길 뒤에 불고기를 잘 하는 집이 있는데 불고기는 어때요?

수파킷: 그거 좋은 생각이군요!

최지영: 그리고 인사동에서 파는 호떡을 먹고 나서 한국 전통차를 마시는 것도 좋아요.

수파킷: 와! 좋은 정보 고마워요.

최지영: 뭘요! 오후에는 뭐 할 거예요?

수파킷: 점심을 먹고 나서 명동에서 점프 공연을 보기로 했어요.

최지영: 재미있겠네요. 그럼, 즐거운 주말 보내세요.

수파킷: 고마워요. 최지영 씨도요.

<정답>

문제1> 경복궁과 인사동에 가요.
명동에서 점프 공연을 봐요.

문제2> 불고기를 먹고, 호떡을 먹고, 전통차를 마셔요.

03 p. 72

1. 양리: 비빔밥이 어떨까요?

리리: 글쎄요? 아마 매울 거예요.

2. 양리: 번지점프가 어떨까요?

리리: 글쎄요? 아마 무서울 거예요.

3. 양리: 막걸리가 어떨까요?

리리: 글쎄요? 아마 맛없을 거예요.

4. 양리: 시험이 어떨까요?

리리: 글쎄요? 아마 어려울 거예요.

5. 양리: 이 영화가 어떨까요?

리리: 글쎄요? 아마 슬플 거예요.

<정답>

1. 아마 매울 거예요.

2. 아마 무서울 거예요.

3. 아마 맛없을 거예요.

4. 아마 어려울 거예요.

5. 아마 슬플 거예요.

05 p. 114

요나단: 리리 씨, 집 정리는 다 했어요?

리　리: 네, 요나단 씨가 도와 주셔서 잘 끝났어요.
　　　　정말 고마워요.

요나단: 고맙기는요. 우리는 친구 사이인데 당연하죠.

리　리: 요나단 씨, 오늘 시간이 있어요?
　　　　제가 한턱낼게요.

요나단: 좋아요. 어디로 갈까요?

리　리: 요나단 씨, 불고기 좋아하세요? 인사동에
　　　　있는 한국 식당이 싸고 맛있거든요.

요나단: 네, 거기로 갑시다.

04 p. 94

DK신문사의 덜렁이 기자 리리 씨가
오늘은 아주 분주하군요!
12시부터 이준기 씨 팬사인회에 가서 취재해야
하는데 11시가 넘어서 일어났거든요.
오늘 새벽까지 비비엔 씨하고 술을 마시면서
수다를 떨었기 때문이지요.
아이고! 저런, 세수하고 이를 닦다가
치약을 먹을 뻔했군요!
너무 정신이 없어서 잠을 깨려고 급히 커피를
마시다가 혀를 델 뻔도 했어요. 그리고 버스
정류장으로 뛰어가다가 넘어질 뻔했어요.
리리 씨가 사인회장에 도착한 시간은 12시 1분 전,
「어휴! 정말 큰일 날 뻔했다!」하고 말하던 리리 씨는
의자에 앉다가 넘어져서 다칠 뻔했네요!
신문사로 돌아와서 커피를 들고 신문을 읽으면서
걸어갔어요. 그러다가 지나가는 사람과 부딪혀서
커피를 쏟을 뻔했어요.
이렇게 바쁜 하루를 보내고 집으로 돌아가는 길에
버스에서 졸다가 못 내릴 뻔했어요.
휴! 저는 오늘처럼 정신없는 리리 씨를 본 적이 없어요.
리리 씨가 다치지 않은 게 정말 다행이에요.

* * * * *

리　리: 어때요? 음식이 입에 맞아요?

요나단: 네, 정말 맛있군요! 리리 씨가 밥을 샀으니까
　　　　차는 제가 살게요.

리　리: 좋아요. 그럼 저기 있는 전통찻집에 갑시다.

* * * * *

요나단: 저는 녹차를 마실게요.

리　리: 저는 인삼차를 마실게요. 여기요,
　　　　녹차 한 잔하고 인삼차 한 잔 주세요.

아가씨: 네, 알겠습니다.

<정답>

문제1> 리리 씨

문제2> 요나단 씨가 집 정리를 도와줘서

문제3> 인사동에 있는 한국 식당에서 불고기를 먹었어요.

<정답>

① (✕) ② (✕) ③ (✕) ④ (✕) ⑤ (◯)

06 p. 134

앙　리: 하즈키, 말하기 대회 잘했니?

하즈키: 아니 잘 못했어. 너는?

앙　리: 나도 잘 못했어. 외우는 것이 너무 어려워서
　　　　많이 틀렸지?

하즈키: 그래, 나는 발표할 때 너무 떨렸어.

앙　리: 그럼 다른 것은 다 잘했어?

하즈키: 글쎄, 그런 것 같아.

앙　리: 야, 정말 잘했다! 다음 주에 결과 발표니까
　　　　네가 일등하면 한턱내.

하즈키: 알았어. 한턱낼 테니까 다음에 한잔하자.

<정답>

문제1> ②

문제2> ③

문제3> 앙　리: 외우는 것이 너무 어려웠어요.

　　　　하즈키: 너무 떨렸어요.

 07　　　p. 158

하즈키: 요나단 씨, 오랜만이에요.

요나단: 하즈키 씨, 안녕하세요? 요즘 어떻게
　　　　지냈어요? 한국 생활은 재미있어요?

하즈키: 네, 처음에는 음식이 너무 매워서 고생했는데
　　　　이제 많이 익숙해졌어요.

요나단: 맞아요, 하즈키 씨 처음 한국에 왔을 때
　　　　먹을 수 있는 음식이 별로 없었지요.

하즈키: 네, 하지만 요즘은 닭갈비, 감자탕 등 다
　　　　잘 먹어요. 요나단 씨는 요즘 어떻게 지내요?

요나단: 저도 생활하는 것은 익숙해졌는데 아직
　　　　한국말이 서툴러서 하고 싶은 말을 잘
　　　　못할 때 좀 창피해요.

하즈키: 맞아요, 저도 그래요. 지난번에 최지영 씨 집에
　　　　갔을 때 지영 씨 어머니께서 무슨 과일을
　　　　좋아하냐고 하셨어요. 그래서 딸기가
　　　　좋아한다고 했는데 지영 씨 가족들이
　　　　크게 웃었어요.

요나단: 하하하, 우리 더 열심히 한국어 공부합시

다. 하즈키: 네, 좋아요. 아자아자!

<정답>

① (×) ② (×) ③ (×)

 08　　　p. 176

보리스: 비비엔 씨, 안색이 안 좋아 보여요.
　　　　무슨 일 있어요?

비비엔: 아무 일도 아니에요.......

보리스: 왜요? 말해 보세요.

비비엔: 부모님께서 빨리 결혼하라고 하는데
　　　　어떻게 하지요?

보리스: 비비엔 씨 남자 친구도 있는데
　　　　결혼하면 되잖아요.

비비엔: 우리는 아직 나이도 어리고 공부도 더 하고
　　　　싶고 아직은 결혼하고 싶지 않거든요.

보리스: 하긴 그렇겠네요. 저도 스무 살 때는
　　　　결혼하고 싶지 않았어요.

비비엔: 그렇지요? 여행도 많이 하고 싶고 제 꿈도
　　　　펼치고 싶어요.

보리스: 그런데 비비엔 씨 부모님은 왜 빨리
　　　　결혼하라고 하세요?

비비엔: 부모님께서는 제가 한국에 와서 혼자 사니까
　　　　생활도 불규칙하고 외롭고 위험할 거라고
　　　　생각하세요.

보리스: 그럼 부모님께 진지하게 비비엔 씨의
　　　　계획을 이야기해 보세요. 그러면 부모님도
　　　　안심하실 거예요.

비비엔: 보리스 씨도 안색이 안 좋아 보이는데
　　　　무슨 고민이 있어요?

보리스: 사실은 마음에 드는 사람이 생겼는데
　　　　그 사람도 저를 좋아할지 모르겠어요.

비비엔: 에잇, 보리스 씨 소심하군요! 용기를 내서
　　　　고백해 보세요. 보리스 씨의 진심을 알면

그 사람도 좋아할 거예요.

보리스: 정말 그럴까요?

비비엔: 물론이지요. 보리스 씨가 얼마나 매력적인데요.

<정답>

① (×) ② (○) ③ (○)

 09 p. 194

미용사: 어서 오세요. 손님, 어떻게 해 드릴까요?

손 님: 요즘 유행하는 헤어스타일이 뭐예요?

미용사: 요즘은 숏커트가 유행이에요.

손 님: 아! 그래요? 저는 너무 짧은 머리는 싫은
데…….

미용사: 그럼 이런 단발머리는 어때요?
이 스타일도 인기가 많아요.

손 님: 그래요? 긴 머리가 좀 아까운데
어떡하지…….

미용사: 아니면 손님은 머릿결이 좋으니까
지금 그대로 굵게 파마만 하셔도
좋을 것 같아요.

손 님: 좋아요. 그럼 그냥 파마만 해 주세요.

미용사: 네, 그런데 드라이기로 파마 머리를
예쁘게 말리는 법을 아세요?

손 님: 아니요, 저 드라이 할 줄 몰라요.

미용사: 그럼 그냥 손가락으로 이렇게 돌리면서
말리면 돼요.

손 님: 네, 알겠어요. 예쁘게 해 주세요.

<정답>

문제> ② **긴 머리 굵은 파마**

10 p. 218

최지영: 압둘라 씨, 피곤해 보이는데
요즘 무슨 일이 있어요?

압둘라: 이사를 가려고 하는데 어떻게 할까
고민이에요.

최지영: 그래요? 어떤 집을 찾고 있어요?
제가 좀 도와 드릴까요?

압둘라: 지영 씨, 요즘 바빠 보이는데 괜찮아요?

최지영: 괜찮아요. 이사는 제가 전문가거든요.
자! 어떤 집에 살고 싶어요?

압둘라: 음, 우선 사무실에서 가깝고
좀 싸면 좋겠어요. 그리고 창문이 커서
햇살이 잘 들어오면 좋겠어요.

최지영: 압둘라 씨가 밝은 집을 좋아하는군요!
음, 혼자 사니까 거실은 좀 좁아도 돼죠?

압둘라: 아니요, 거실이 넓어서 작업실로 사용할 수
있으면 좋겠어요.

최지영: 하하하, 알겠어요.

<정답>

① (×) ② (○) ③ (×) ④ (×)

11 p. 238

스테파니

여러분 안녕하세요? 스테파니예요.
오늘은 제 친구들에 대해 소개해 드릴게요.
비비엔 씨는 활동적이라서 여행을 아주
좋아하는데 반해 앙리 씨는 조용한 편이라서
영화 감상을 좋아해요.
그리고 보리스 씨는 맥주를 잘 마시는데 반해
압둘라 씨는 술을 전혀 못 마셔요. 정말 신기하죠?
익겔 씨와 이준기 씨는 말을 아주 잘 타요.

하지만 저랑 수파킷 씨는 전혀 못 타요. 무섭거든요.
앙리 씨는 그림을 아주 잘 그리고,
요나단 씨는 기타를 아주 잘 쳐요.
하즈키 씨랑 최지영 씨는 여행도 좋아하고
술도 잘 마시고 춤도 잘 추고 말도 잘 타요.
대단한 여자들이죠?
정말 사람마다 취미도 다르고 잘하는 것도
다 달라요. 제 친구들 참 재미있지요!

<정답>

1) 비비엔 씨, 하즈키 씨, 최지영 씨

2) 압둘라 씨

3) 익겔 씨, 이준기 씨

4) 앙리 씨

 12　**p. 258**

저는 어젯밤에 이력서 쓰느라고 잠을 못 잤어요.
오늘 유럽 여행사에 입사 지원서를 냈거든요.
제가 여행을 아주 좋아해서 어렸을 때부터
여행사에서 일하는 게 꿈이었어요.
여행사에서 일하려면 외국어를 잘해야 하니까
영어랑 일본어, 중국어 공부도 열심히 했어요.
그리고 시간이 있을 때는 여행에 대한 경험을
쌓으려고 여행도 많이 다니고 여행 관련 책도
많이 읽었어요. 다른 나라의 문화를 이해하려고
외국 친구들도 많이 사귀었어요.
그런데 이번 신입 사원 모집에 경쟁률이
얼마나 높은지 몰라요.
미역국을 먹으면 어떡하죠?

<정답>

문제1> 여행사

문제2> 외국어 공부, 여행 다니기, 여행 관련 책 읽기,
　　　　외국인 친구 사귀기

문제3> 경쟁률이 높아서 떨어질까 봐 걱정해요.

문법·회화 연습 답안 語法·會話練習的答案

 01

p. 24
급한 편이다.
산만한 편이다.
소심한 편이다.
현명한 편이다.
깐깐한 편이다.
점잖은 편이다.
변덕스러운 편이다.
조심스러운 편이다.

싫어하는 편이다.
여행을 자주 가는 편이다.
요리를 잘하는 편이다.
금방 잊어버리는 편이다.
일찍 오는 편이다.
밥을 많이 먹는 편이다.
돈을 잘 버는 편이다.
마음에 드는 편이다.

부자인 편이다.
추운 날씨인 편이다.
무서운 영화인 편이다.
잉꼬부부인 편이다.
현실적인 편이다.
긍정적인 편이다.
낭만적인 편이다.
보수적인 편이다.

p. 28
느긋한 척하다
명랑한 척하다
차분한 척하다
여우 같은 척하다
욕심이 많은 척하다

욕심이 없는 척하다
귀여운 척하다
변덕스러운 척하다

맞선을 보는 척하다
좋아하는 척하다
어울리는 척하다
실수를 하는 척하다
낮잠을 자는 척하다
신문을 읽는 척하다
마음에 드는 척하다
음악을 듣는 척하다

부자인 척하다
친구인 척하다
의사인 척하다
부부인 척하다
애인인 척하다
찰떡궁합인 척하다
적극적인 척하다
사교적인 척하다

p. 29
가 수파킷 씨의 성격이 어때요?
나 수파킷 씨는 꼼꼼한 편이에요.
가 압둘라 씨의 성격이 어때요?
나 압둘라 씨는 털털한 편이에요.
가 요나단 씨의 성격이 어때요?
나 요나단 씨는 책임감이 강한 편이에요.

p. 30~31
가 수파킷 씨의 성격이 어때요?
나 수파킷 씨는 느긋하고 긍정적이에요.
가 최지영 씨의 성격이 어때요?
나 최지영 씨는 명랑하고 활동적이에요.
가 앙리 씨의 성격이 어때요?
나 앙리 씨는 조용하고 이성적이에요.

가 익겔 씨의 성격이 어때요?

나 익겔 씨는 소심하고 내성적이에요.

가 리리 씨의 성격이 어때요?

나 리리 씨는 밝고 적극적이에요.

가 비비엔 씨의 성격이 어때요?

나 비비엔 씨는 차분하고 꼼꼼해요.

p. 32

가 리리 씨는 낭만적이에요?

나 아니요, 그런데 낭만적인 척해요.

가 압둘라 씨는 현실적이에요?

나 아니요, 그런데 현실적인 척해요.

가 요나단 씨는 느긋해요?

나 아니요, 그런데 느긋한 척해요.

p. 33

가 수파킷 씨는 맞선을 봐요?

나 아니요, 그런데 맞선을 보는 척하고 있어요.

가 익겔 씨는 선물이 마음에 들어요?

나 아니요, 그런데 마음에 드는 척하고 있어요.

가 이준기 씨는 꼼꼼해요?

나 아니요, 그런데 꼼꼼한 척하고 있어요.

p. 45

계획을 세우고 나서

경험을 쌓고 나서

뮤지컬을 보고 나서

초원을 달리고 나서

일기를 쓰고 나서

작성하고 나서

점심을 먹고 나서

상을 받고 나서

p. 47

영화 촬영을 하려고 하다.

외교관이 되려고 하다.

한턱내려고 하다.

한복을 입기로 하다.

거리 공연을 보기로 하다.

여권을 만들기로 하다.

p. 48~49

가 영화 촬영을 하고 나서 뭐 할까요?

나 영화 촬영을 하고 나서 말을 탑시다.

가 그림을 그리고 나서 뭐 할까요?

나 그림을 그리고 나서 마트에 갑시다.

가 일을 마치고 나서 뭐 할까요?

나 일을 마치고 나서 저녁을 먹읍시다.

가 운동하고 나서 뭐 할까요?

나 운동하고 나서 맥주를 마십시다.

가 공연이 끝나고 나서 뭐 할까요?

나 공연이 끝나고 나서 피자를 먹읍시다.

가 친구를 만나고 나서 뭐 할까요?

나 친구를 만나고 나서 서점에 갑시다.

p. 50~51

가 오늘 오후에 뭐 할 거예요?

나 초원을 달리고 나서 헐헉을 먹으려고 해요.

가 오늘 저녁에 뭐 할 거예요?

나 쇼핑하고 나서 혼자 영화를 보려고 해요.

가 내일 뭐 할 거예요?

나 면접을 보고 나서 명동에 가려고 해요.

가 주말에 뭐 할 거예요?

나 낮잠을 자고 나서 요리하려고 해요.

가 오늘 저녁에 뭐 할 거예요?

나 공부를 하고 나서 TV를 보려고 해요.

가 오늘 오후에 뭐 할 거예요?

나 숙제를 하고 나서 목욕을 하려고 해요.

가 오늘 오후에 시간이 있어요?

나 미안해요. 부모님이 오시기로 했어요.

가 내일 시간이 있어요?

나 미안해요. 시험공부를 하기로 했어요.

가 오늘 저녁에 시간이 있어요?

나 미안해요. 여자 친구랑 뮤지컬을 보기로 했어요.

p. 53

가 새해 결심이 뭐예요?

나 너무 뚱뚱해져서 다이어트를 하기로 했어요.

가 새해 결심이 뭐예요?

나 취업을 위해서 MOS를 배우기로 했어요.

가 새해 결심이 뭐예요?

나 꿈을 위해서 열심히 공부하기로 했어요.

03

p. 63

새 의자에 앉아 보셨어요?

해물탕을 드셔 보셨어요?

소주를 드셔 보셨어요?

한국 신문을 읽어 보셨어요?

카레를 만들어 보셨어요?

새 의자에 앉아 봤어요.

해물탕을 먹어 봤어요.

소주를 마셔 봤어요.

한국 신문을 읽어 봤어요.

카레를 만들어 봤어요.

새 의자에 앉아 보세요.

해물탕을 드셔 보세요.

소주를 드셔 보세요.

한국 신문을 읽어 보세요.

카레를 만들어 보세요.

p. 65

삼계탕이 맛있을까요?

해녀를 만날 수 있을까요?

책을 읽을까요?

공부할까요?

마트에서 팔까요?

올레길을 걸을까요?

데이트가 즐거울까요?

p. 67

소주를 마실 거예요.

도중에 갈 거예요.

난타가 재미있을 거예요.

제주에서 살 거예요.

번지점프가 무서울 거예요.

김치가 매울 거예요.

길을 물을 거예요.

p. 68~69

가 떡볶이를 먹어 보셨어요?

나 아니요, 못 먹어 봤어요.

가 그럼 떡볶이를 한번 먹어 보세요. 맵지만 맛있어요.

가 동대문시장에 가 보셨어요?

나 아니요, 못 가 봤어요.

가 그럼 동대문시장에 한번 가 보세요.
　　물건 값이 싸고 종류가 많아요.

가 번지점프를 해 보셨어요?

나 아니요, 못 해 봤어요.

가 그럼 번지점프를 한번 해 보세요.
　　무섭지만 재미있어요.

가 김치를 만들어 보셨어요?

나 아니요, 못 만들어 봤어요.

가 그럼 김치를 한번 만들어 보세요. 힘들지만 신기해요.

가 인사동에 가 보셨어요?

나 아니요, 못 가 봤어요.

가 그럼 인사동에 한번 가 보세요.
한국적인 물건이 많고, 전통차를 마실 수 있어요.

p. 70

가 닭갈비 맛이 어떨까요?
나 글쎄요, 아마 매울 거예요.
가 내일 날씨가 어떨까요?
나 글쎄요, 아마 더울 거예요.
가 몽골의 하늘이 어떨까요?
나 글쎄요, 아마 파랄 거예요.

p. 71

가 익곌 씨가 지금 뭐 할까요?
나 글쎄요, 아마 자전거를 탈 거예요.
가 이준기 씨가 나오는 영화가 언제 개봉할까요?
나 글쎄요, 아마 다음 주에 개봉할 거예요.
가 우리 반 친구들이 어디에서 공부할까요?
나 글쎄요, 아마 도서관에서 공부할 거예요.

p. 83

밥을 태운 적이 있다.
제주도에 간 적이 있다.
중국술을 마신 적이 있다.
담배를 끊은 적이 있다.
떡볶이를 먹은 적이 있다.
올레길을 걸은 적이 있다.
김밥을 만든 적이 있다.
동전을 주운 적이 있다.

밥을 태운 적이 없다.
제주도에 간 적이 없다.
중국술을 마신 적이 없다.
담배를 끊은 적이 없다.

떡볶이를 먹은 적이 없다.
올레길을 걸은 적이 없다.
김밥을 만든 적이 없다.
동전을 주운 적이 없다.

p. 86

여행을 갔었거든요.
공원을 걸었거든요.
도쿄에 살았거든요.
날씨가 추웠거든요.
바빴거든요.

여행을 가거든요.
공원을 걷거든요.
도쿄에 살거든요.
날씨가 춥거든요.
바쁘거든요.

여행을 갈 거거든요.
공원을 걸을 거거든요.
도쿄에 살 거거든요.
날씨가 추울 거거든요.
바쁠 거거든요.

p. 87

지각할 뻔했어요.
델 뻔했어요.
부딪힐 뻔했어요.
코를 골 뻔했어요.
치약을 삼킬 뻔했어요.
벌을 받을 뻔했어요.

p. 88~89

가 한복을 입어 본 적이 있어요?
나 네, 한복을 입어 본 적이 있어요.
가 호떡을 먹어 본 적이 있어요?
나 네, 호떡을 먹어 본 적이 있어요.

가 번지점프를 해 본 적이 있어요?
나 네, 번지점프를 해 본 적이 있어요.

가 이준기 씨를 만나 본 적이 있어요?
나 아니요, 아직 만나 본 적이 없어요.
가 아프리카에 가 본 적이 있어요?
나 아니요, 아직 가 본 적이 없어요.
가 말을 타 본 적이 있어요?
나 아니요, 아직 말을 타 본 적이 없어요.

p. 90
가 왜 매일 그 식당에서 밥을 먹어요?
나 맛있고 친절하거든요.
가 왜 직원들이 사장님을 싫어해요?
나 잔소리가 심하거든요.
가 왜 스테파니 씨가 인기가 많아요?
나 예쁘고 상냥하거든요.

p. 91
가 기분이 좋아 보이는데 무슨 일이 있어요?
나 네, 용돈을 받았거든요.
가 피곤해 보이는데 무슨 일이 있어요?
나 네, 어제 잠을 못 잤거든요.
가 안색이 안 좋은데 무슨 일이 있어요?
나 네, 감기에 걸렸거든요.

p. 92
가 요즘 왜 매일 영화를 봐요?
나 영화 평론가가 될 거거든요.
가 왜 다음 주부터 수영장에 다니기로 했어요?
나 다이어트를 할 거거든요.
가 왜 한국어를 공부해요?
나 내년에 한국에 유학갈 거거든요.

p. 93
가 안색이 안 좋아 보이는데 무슨 일이 있어요?
나 친구와 이야기하다가 버스를 못 탈 뻔했어요.

가 안색이 안 좋아 보이는데 무슨 일이 있어요?
나 공포 영화를 보다가 무서워서 죽을 뻔했어요.
가 안색이 안 좋아 보이는데 무슨 일이 있어요?
나 전화를 하면서 가다가 기둥에 부딪혀서 커피를
쏟을 뻔했어요.

p. 105
시험을 잘 보기는요.
잘하기는요.
많이 먹기는요.
취직하기는요.
피아노를 잘 치기는요.
공부를 잘하기는요.
돈이 많기는요.
한가하기는요.
미안하기는요.
생생하기는요.
기분 나쁘기는요.
예쁘기는요.
바쁘기는요.
귀엽기는요.
맛있기는요.
고맙기는요.
미안하기는요.
괜찮기는요.
행복하기는요.
푹 자기는요.
고집이 세기는요.
기분 좋기는요.

p. 107
도와줄게요.
연락할게요.

녹차를 마실게요.
보여 드릴게요.
창문을 열게요.
한턱낼게요.
메일을 보낼게요.
기다릴게요.
갈비탕을 먹을게요.
신문을 읽을게요.
공원을 걸을게요.
휴지를 주울게요.
김치를 만들게요.
이따가 먹을게요.
또 올게요.
잠깐 쉴게요.

p. 109

가 말을 정말 잘 타시는군요!
나 잘 타기는요. 아직 멀었어요.
가 노래를 정말 잘 부르시는군요!
나 잘 부르기는요. 아직 멀었어요.
가 피아노를 정말 잘 치시는군요!
나 잘 치기는요. 아직 멀었어요.

p. 110~111

가 부지런하지요?
나 부지런하기는요. 얼마나 게으른데요.
가 한국 생활이 힘들지요?
나 힘들기는요. 얼마나 재미있는데요.
가 요즘 바쁘지요?
나 바쁘기는요. 얼마나 한가한데요.
가 요리가 맛있지요?
나 맛있기는요. 얼마나 맛없는데요.
가 노래를 잘 부르지요?
나 잘 부르기는요. 얼마나 못 부르는데요.
가 작품성이 있지요?
나 작품성이 있기는요. 얼마나 별로인데요.

p. 112~113

가 누가 노래를 불러 줄 수 있어요?
나 제가 노래를 불러 드릴게요.
가 누가 창문을 닫아 줄 수 있어요?
나 제가 창문을 닫아 드릴게요.
가 누가 가방을 들어 줄 수 있어요?
나 제가 가방을 들어 드릴게요.
가 누가 설거지를 해 줄 수 있어요?
나 제가 설거지를 해 드릴게요.
가 누가 문을 열어 줄 수 있어요?
나 제가 문을 열어 드릴게요.
가 누가 자리를 양보해 줄 수 있어요?
나 제가 자리를 양보해 드릴게요.

06

p. 123
지영아.
비비엔아.
로이야.
준기야.

p. 124
언니처럼
엄마처럼
오빠처럼
어린아이처럼
무용가처럼
연인처럼
부자처럼
배우처럼
선생님처럼
선수처럼
전문가처럼

뭐 해?
여기가 어디야?
친구를 만나.
내 친구야.
오늘 날씨가 좋지?
일본 사람이지?
여기 앉아.
사진을 찍지 마.
담배를 피우지 마.
영화를 볼까?
피자를 먹을까?
부산에 가자.
열심히 공부하자.
주말에 뭐 할 거야?
바다에 갈 거야.

p. 129
가 수파킷아, 뭐 해?
나 커피를 마셔.
가 압둘라야, 뭐 해?
나 스키를 타.
가 보리스야, 뭐 해?
나 피자를 먹어.

p. 130
가 비비엔아, 오늘 오후에 같이 명동에 갈까?
나 그래, 같이 명동에 가자.
가 앙리야, 주말에 같이 스키를 탈까?
나 그래, 같이 스키를 타자.
가 준기야, 이번 휴가에 같이 터키에 갈까?
나 그래, 같이 터키에 가자.

p. 131
가 요나단아, 오늘 오후에 뭐 할 거야?
나 나는 오늘 오후에 홍대에서 오디션을 볼 거야.
가 익겔아, 이번 방학에 뭐 할 거야?

나 나는 이번 방학에 중국어를 공부할 거야.
가 보리스야, 내일 뭐 할 거야?
나 나는 내일 여자 친구에게 청혼할 거야.

p. 132~133
가 압둘라가 요리를 잘해?
나 응, 요리사처럼 요리를 잘해.
가 지영이가 태권도를 잘해?
나 응, 태권도 선수처럼 태권도를 잘해.
가 하즈키가 중국말을 잘해?
나 응, 중국 사람처럼 중국말을 잘해.
가 수파킷이 연기를 잘해?
나 응, 배우처럼 연기를 잘해.
가 비비엔이 춤을 잘 춰?
나 응, 무용가처럼 춤을 잘 춰.
가 리리가 요리를 잘해?
나 응, 엄마처럼 요리를 잘해.

07

p.146
예쁘다고 하다.
많다고 하다.
덥다고 하다.
예뻤다고 하다.
많았다고 하다.
더웠다고 하다.

실패한다고 하다.
먹는다고 하다.
판다고 하다.
실패했다고 하다.
먹었다고 하다.
팔았다고 하다.

휴일이라고 하다.
관계자라고 하다.
친구라고 하다.
휴일이었다고 하다.
관계자였다고 하다.
친구였다고 하다.

p.149
바쁘냐고 하다.
많냐고 하다.
맵냐고 하다.
친절하냐고 하다.
바빴냐고 하다.
많았냐고 하다.
매웠냐고 하다.
친절했냐고 하다.

먹냐고 하다.
유행하냐고 하다.
읽냐고 하다.
만드냐고 하다.
먹었냐고 하다.
유행했냐고 하다.
읽었냐고 하다.
만들었냐고 하다.

부자냐고 하다.
학생이냐고 하다.
관계자냐고 하다.
한국어책이냐고 하다.
부자였냐고 하다.
학생이었냐고 하다.
관계자였냐고 하다.
한국어책이었냐고 하다.

p.151
풀게 하다.

치우게 하다.
쓰게 하다.
읽게 하다.
먹게 하다.
만들게 하다.
듣게 하다.
보게 하다.
빨래하게 하다.
일어나게 하다.

p. 152
가 앙리 씨가 뭐라고 했어요?
나 내일 어머니 생일이라서 선물을 사야 한다고
  했어요.
가 보리스 씨가 뭐라고 했어요?
나 지금 TV에서 사물놀이 하는 것을 보고 있다고
  했어요.
가 리리 씨가 뭐라고 했어요?
나 오늘 너무 춥다고 했어요.

p. 153
가 익겔 씨가 뭐라고 했어요?
나 어제 명동에서 이준기 씨를 만났다고 했어요.
가 보리스 씨가 뭐라고 했어요?
나 어제 술을 너무 많이 마셔서 아침에 머리가
  아팠다고 했어요.
가 스테파니 씨가 뭐라고 했어요?
나 어제 보리스 씨의 여자 친구를 만났는데 아주
  귀여웠다고 했어요.

p. 154
가 하즈키 씨가 뭐라고 했어요?
나 하즈키 씨가 제일 좋아하는 음식은
  닭갈비라고 했어요.
가 압둘라 씨가 뭐라고 했어요?
나 압둘라 씨 아버지는 치과 의사라고 했어요.
가 익겔 씨가 뭐라고 했어요?

나 익겔 씨 꿈은 한국어 선생님이라고 했어요.

p. 155

가 이준기 씨가 뭐라고 했어요?

나 내일 집들이에 올 거냐고 했어요.

가 앙리 씨가 뭐라고 했어요?

나 리리 씨도 이번 방학에 프라하에 가냐고 했어
요. **가** 요나단 씨가 뭐라고 했어요?

나 몽골에서 말을 탔을 때 기분이 좋았냐고 했어요.

p. 156~157

가 어머니께서 누구에게 무엇을 시켰어요?

나 어머니께서 아버지께 퇴근할 때
과일을 사오게 하셨어요.

가 스테파니 씨가 누구에게 무엇을 시켰어요?

나 스테파니 씨가 보리스 씨에게 담배를
끊게 했어요.

가 의사가 누구에게 무엇을 시켰어요?

나 의사가 수파킷 씨에게 목이 아플 때에는 따뜻한
물을 많이 먹게 했어요.

가 아버지께서 누구에게 무엇을 시켰어요?

나 아버지께서 아들에게 열심히 공부하게 했어요.

가 선생님께서 누구에게 무엇을 시켰어요?

나 선생님께서 스테파니 씨에게 내일까지 숙제를
해 오게 했어요.

가 선생님께서 누구에게 무엇을 시켰어요?

나 선생님께서 비비엔 씨에게 매일 복습하게 했어요.

08

p. 169

영화를 보자고 하다.
감자탕을 먹자고 하다.
파리에 가자고 하다.
자전거를 타자고 하다.

책을 읽자고 하다.
볼링을 치자고 하다.
결혼하자고 하다.
음악을 듣자고 하다.

영화를 보지 말자고 하다.
감자탕을 먹지 말자고 하다.
파리에 가지 말자고 하다.
자전거를 타지 말자고 하다.
책을 읽지 말자고 하다.
볼링을 치지 말자고 하다.
결혼하지 말자고 하다.
음악을 듣지 말자고 하다.

p. 171

사진을 보라고 하다.
아이스크림을 먹으라고 하다.
태권도를 배우라고 하다.
결혼하라고 하다.
CD를 들으라고 하다.
집을 팔라고 하다.
휴지를 주우라고 하다.

사진을 보지 말라고 하다.
아이스크림을 먹지 말라고 하다.
태권도를 배우지 말라고 하다.
결혼하지 말라고 하다.
CD를 듣지 말라고 하다.
집을 팔지 말라고 하다.
휴지를 줍지 말라고 하다.

p. 172

가 앙리 씨가 뭐라고 했어요?

나 오늘 오후에 영화를 보자고 했어요.

가 익겔 씨가 뭐라고 했어요?

나 이번 휴가에 아프리카에 가자고 했어요.

가 최지영 씨가 뭐라고 했어요?

나 오늘 저녁에 해물탕을 먹자고 했어요.

p. 173

가 이준기 씨가 뭐라고 했어요?

나 오늘부터 술을 마시지 말자고 했어요.

가 스테파니 씨가 뭐라고 했어요?

나 담배를 피우지 말자고 했어요.

가 요나단 씨가 뭐라고 했어요?

나 우리 이제 만나지 말자고 했어요.

p. 174

가 선생님께서 뭐라고 하셨어요?

나 큰 소리로 책을 읽으라고 하셨어요.

가 의사가 뭐라고 했어요?

나 이 약을 먹고 푹 자라고 했어요.

가 아버지께서 뭐라고 하셨어요?

나 열심히 공부하라고 하셨어요.

p.175

가 스테파니 씨가 뭐라고 했어요?

나 담배를 피우지 말라고 했어요.

가 일기예보에서 뭐라고 했어요?

나 내일은 비가 많이 오니까 밖에 나가지 말라고
했어요.

가 어머니께서 뭐라고 하셨어요?

나 밤에 게임하지 말라고 하셨어요.

p. 185

볼링을 치는 법

한글을 쓰는 법

자르는 법

유리를 닦는 법

된장찌개를 끓이는 법

부산에 가는 법

머리를 땋는 법

태국어를 읽는 법

김치를 만드는 법

게를 먹는 법

잘게 다지는 법

바이올린을 켜는 법

p.186

크게

작게

둥글게

넓게

가늘게

곱게

잘게

길게

짧게

굵게

p. 188

피아노를 칠 줄 알다.

하모니카를 불 줄 알다.

바이올린을 켤 줄 알다.

스키를 탈 줄 알다.

된장찌개를 끓일 줄 알다.

영어를 할 줄 알다.

한자를 쓸 줄 알다.

피아노를 칠 줄 모르다.

하모니카를 불 줄 모르다.

바이올린을 켤 줄 모르다.

스키를 탈 줄 모르다.

된장찌개를 끓일 줄 모르다.

영어를 할 줄 모르다.

한자를 쓸 줄 모르다.

p. 189
가 피아노 치는 법 좀 가르쳐 주세요.
나 네, 좋아요. 가르쳐 줄게요.
가 문자 보내는 법 좀 가르쳐 주세요.
나 네, 좋아요. 가르쳐 줄게요.
가 김치 만드는 법 좀 가르쳐 주세요.
나 네, 좋아요. 가르쳐 줄게요.

p. 190~191
가 손님, 어떻게 해 드릴까요?
나 뒷머리를 깨끗하게 잘라 주세요.
가 손님, 어떻게 해 드릴까요?
나 옆머리를 짧게 잘라 주세요.
가 손님, 어떻게 해 드릴까요?
나 가늘게 파마해 주세요.
가 손님, 어떻게 해 드릴까요?
나 굵게 파마해 주세요.
가 손님, 어떻게 해 드릴까요?
나 노랗게 염색해 주세요.
가 손님, 어떻게 해 드릴까요?
나 가볍게 숱을 쳐 주세요.

p. 192~193
가 하모니카를 불 줄 아세요?
나 네, 불 줄 알아요.
가 태권도를 할 줄 아세요?
나 네, 할 줄 알아요.
가 장구를 칠 줄 아세요?
나 네, 칠 줄 알아요.

가 태국어를 읽을 줄 아세요?
나 아니요, 읽을 줄 몰라요.
가 수영할 줄 아세요?
나 아니요, 할 줄 몰라요.
가 닭갈비를 만들 줄 아세요?
나 아니요, 만들 줄 몰라요.

10

p. 207
키가 커 보이다.
통통해 보이다.
얼굴이 작아 보이다.
돈이 많아 보이다.
따뜻해 보이다.
관계가 있어 보이다.
흥미로워 보이다.
적절해 보이다.
예뻐 보이다.
슬퍼 보이다.
귀여워 보이다.
매워 보이다.
추워 보이다.
재미없어 보이다.
쉬워 보이다.
어려워 보이다.

p. 209
날씬하면 좋겠다.
통통하면 좋겠다.
얼굴이 작으면 좋겠다.
귀여우면 좋겠다.
돈이 많으면 좋겠다.
재미있으면 좋겠다.
예쁘면 좋겠다.
똑똑하면 좋겠다.

p. 210
이준기 씨를 만나면 좋겠다.
브라질에 가면 좋겠다.
닭갈비를 먹으면 좋겠다.
보람을 느끼면 좋겠다.
남자 친구가 생기면 좋겠다.

눈이 오면 좋겠다.
시원한 물을 마시면 좋겠다.
인기를 끌면 좋겠다.
태권도를 배우면 좋겠다.
수업 시간에 토론하면 좋겠다.
어려움을 극복하면 좋겠다.
좋은 집에 살면 좋겠다.
외교관이 되면 좋겠다.
결혼하면 좋겠다.

친구면 좋겠다.
전문가면 좋겠다.
연인이면 좋겠다.
휴일이면 좋겠다.
좋은 선물이면 좋겠다.
꿈이면 좋겠다.
방학이면 좋겠다.
학생이면 좋겠다.
즐거운 시간이면 좋겠다.
연예인이면 좋겠다.
좋은 사람이면 좋겠다.
공짜면 좋겠다.
정말이면 좋겠다.
끝이면 좋겠다.

p. 212~213

가 이 구두 어때요?
나 와! 키가 커 보여요.
가 저 영화 어때요?
나 와! 재미있어 보여요.
가 압둘라 씨 어때요?
나 와! 기분이 좋아 보여요.

가 기분이 안 좋아 보여요.
나 여자 친구와 헤어져서 그래요.
가 행복해 보여요.
나 프러포즈를 받아서 그래요.

가 추워 보여요.
나 옷을 얇게 입어서 그래요.

p. 214~215

가 어떤 영화를 보고 싶어요?
나 재미있는 영화를 보면 좋겠어요.
가 어떤 음식을 먹고 싶어요?
나 매운 음식을 먹으면 좋겠어요.
가 어떤 옷을 사고 싶어요?
나 싸고 예쁜 옷을 사면 좋겠어요.

가 그 영화가 어때요?
나 좀 더 무서우면 좋겠어요.
가 여자 친구가 어때요?
나 좀 더 애교가 많으면 좋겠어요.
가 이 옷이 어때요?
나 좀 더 색깔이 밝으면 좋겠어요.

p. 216~217

가 어떤 음식을 먹고 싶어요?
나 감자탕이나 닭갈비를 먹고 싶어요.
가 어떤 음악을 듣고 싶어요?
나 발라드나 팝송을 듣고 싶어요.
가 어떤 운동을 하고 싶어요?
나 야구나 축구를 하고 싶어요.
가 어떤 영화를 보고 싶어요?
나 멜로나 코미디를 보고 싶어요.
가 어디 가고 싶어요?
나 영국이나 스페인에 가고 싶어요.
가 어떤 책을 읽고 싶어요?
나 소설이나 에세이를 읽고 싶어요.

p. 231

친구인데 반해
부자인데 반해
명절인데 반해
휴일인데 반해
학생인데 반해
즐거운 시간인데 반해
좋은 관계인데 반해
적극적인데 반해

완벽한데 반해
넓은데 반해
바쁜데 반해
맛있는데 반해
흥미로운데 반해
방학이 긴데 반해
얼굴이 작은데 반해
맛없는데 반해

송편을 먹는데 반해
뉴욕에 가는데 반해
한국말을 잘하는데 반해
술을 잘 마시는데 반해
그림을 잘 그리는데 반해
운동을 못하는데 반해
춤을 못 추는데 반해
책을 많이 읽는데 반해

p. 233

사람마다 무엇이 달라요?
사람마다 취미가 달라요.
나라마다 무엇이 달라요?
나라마다 언어가 달라요.
가게마다 무엇이 달라요?

가게마다 가격이 달라요.

p. 234~236

가 한국의 주식과 미국의 주식은 뭐가 달라요?
나 한국의 주식은 밥인데 반해 미국의 주식은
　빵이에요.
가 수파킷 씨의 집과 비비엔 씨의 집은 뭐가 달라요?
나 수파킷 씨의 집은 아파트인데 반해
　비비엔 씨의 집은 단독주택이에요.

가 한국 남자와 중국 남자는 무엇이 달라요?
나 한국 남자는 무뚝뚝한데 반해 중국 남자는
　친절해요.
가 저 가게와 이 가게는 무엇이 달라요?
나 저 가게는 친절한데 반해 이 가게는 불친절해요.

가 와! 스테파니 씨, 영어를 잘하는군요!
　중국어도 잘해요?
나 아니에요. 영어는 잘하는데 반해
　중국어는 못해요.
가 와! 스테파니 씨, 요리를 잘하는군요!
　정리도 잘해요?
나 아니에요. 요리는 잘하는데 반해 정리는 못해요.

p. 237

가 한국 음식에 대해 어떻게 생각하세요?
나 맵지만 맛있다고 생각해요.
가 한국 남자에 대해 어떻게 생각하세요?
나 무뚝뚝하지만 정이 많다고 생각해요.
가 유학 생활에 대해 어떻게 생각하세요?
나 힘들지만 보람이 있다고 생각해요.

p. 249

드라마를 보느라고
여행을 가느라고
요리하느라고
청소하느라고
태권도를 배우느라고
책을 읽느라고
밥을 먹느라고
친구를 돕느라고
돈을 버느라고
김치를 만드느라고

p. 251

얼마나 보는지 모르다.
얼마나 먹는지 모르다.
얼마나 읽는지 모르다.
얼마나 걷는지 모르다.
얼마나 봤는지 모르다.
얼마나 먹었는지 모르다.
얼마나 읽었는지 모르다.
얼마나 걸었는지 모르다.

얼마나 피곤한지 모르다.
얼마나 바쁜지 모르다.
얼마나 더운지 모르다.
얼마나 매운지 모르다.
얼마나 피곤했는지 모르다.
얼마나 바빴는지 모르다.
얼마나 더웠는지 모르다.
얼마나 매웠는지 모르다.

p. 253

몽골에 가 버리다.
술을 마셔 버리다.

떡볶이를 먹어 버리다.
말해 버리다.
청소해 버리다.
나이를 잊어버리다.
휴대폰을 바꿔 버리다.
길을 잃어버리다.
봐 버리다.
자 버리다.
독감에 걸려 버리다.
피자를 만들어 버리다.
돈을 주워 버리다.
매력에 빠져 버리다.
고백해 버리다.
끝나 버리다.

p. 254

가 왜 신년회에 안 왔어요?
나 미안해요. 시험공부하느라 못 갔어요.
가 왜 출근 시간에 늦었어요?
나 미안해요. 버스를 기다리느라 늦었어요.
가 왜 숙제를 안 했어요?
나 미안해요. 주말에 친구를 만나느라 못 했어요.

p. 255

가 만나기 힘들어요. 무슨 일 있어요?
나 결혼 준비하느라고 얼마나 바쁜지 몰라요.
가 바빠 보여요. 무슨 일 있어요?
나 회의 준비하느라고 얼마나 힘든지 몰라요.
가 피곤해 보여요. 무슨 일 있어요?
나 시험공부하느라고 얼마나 피곤한지 몰라요.

p. 256~257

가 어? 맥주가 어디에 갔지요?
나 보리스 씨가 마셔 버렸어요.
가 어? 남은 돈이 어디에 갔지요?
나 리리 씨에게 줘 버렸어요.
가 어? 남은 음식이 어디에 갔지요?

나 요나단 씨하고 수파킷 씨가 먹어 버렸어요.

가 어? 빈 박스가 어디에 갔지요?

나 스테파니 씨가 치워 버렸어요.

가 어? 책이 어디에 갔지요?

나 앙리 씨가 가져가 버렸어요.

가 어? 꽃병이 어디에 갔지요?

나 익겔 씨가 깨 버렸어요.

색인 索引

299

301

李準基課後鼓勵 原文及翻譯

Opening

자, 이제 드디어 저와 함께 하는 한국어 공부 마지막 단계예요. 여러분, 여기까지 오시느라 힘드셨지요? 포기하지 않고 한국어 공부를 열심히 해주셔서 감사드려요. 우리 마지막까지 열심히 해요.

終於到了跟我一起學習韓語的最終階段了。大家努力學到這裡,一定很辛苦吧?謝謝你們堅持下去認真學習韓語。讓我們一起努力到最後吧。

1.

와, 소개팅! 저도 소개팅 하고 싶어요. 새로운 사람과 새로운 시작은 긴장도 되지만 우리의 마음을 더욱 설레게 만들지요? 또 어떤 만남들이 우리를 기다리고 있을까요? 2 과로 이어집니다.

哇～一對一聯誼!我也想去聯誼。雖然認識新朋友和進入新的開始令人緊張,但更讓我們心情澎湃。是什麼樣的相遇在等著我們呢?接下來是第二課囉。

2.

모공에서 말을 타고 푸른 초원을 달리는 장면, 상상만 해도 가슴이 확 트이고 기분이 좋을 것 같아요. 3 과에서 만나요.

光是想像在蒙古那綠油油的草原上騎馬奔馳,就覺得心曠神怡。我們第三課見囉。

3.

여러분도 여행 좋아하시지요? 저도 여행을 무척 좋아하는데요. 여행은 여행지에 도착했을 때도 좋지만 준비를 할 때도 정말 설레지요? 아～여행가고 싶다. 4 과에서 만나요.

你們也喜歡旅行吧?我也很喜歡喔。旅行的樂趣除了抵達目的地之外,準備的過程也很令人興奮吧?啊～好想去旅行喔!我們第四課見囉。

4.

앗, 죽을 뻔한 이야기 ?! 하, 진짜로 죽는다는 이야기가 아니고요. 그만큼 힘들었다 놀랐다는 뜻으로 많이 써요. 여러분의 죽을 뻔한 이야기를 들어볼까요? 그럼 5 과에서 만나요.

什麼,差點要了命的故事!?哈,這句話不是真的出人命,通常是累得要死、嚇得要命的意思。你們有什麼差點要了命的故事嗎?那麼我們第五課見囉。

5.

이삿짐 싸는 거 하면 또 이준기지요. 여러분, 리리씨 너무 부러워하지 마세요. 제가 여러분도 이사할 때 도와드릴게요. 여기저기서 '정말? 정말?'는 소리가 들리네요. 6 과에서 만나요.

要打包搬家行李就找李準基。大家用不著太羨慕莉莉,你們要搬家的時候,我也會去幫忙的。四處傳來好多人問:「真的嗎?真的嗎?」我們第六課見囉。

6.

한국에서는 이사를 하면 집들이를 많이 해요. 그래야 그 집에서 앞으로의 일들이 모두 술술 잘 풀린다고 해요. 여러분 나라에는 어떤 이사 문화가 있어요? 저에게 이야기해주세요. 7 과로 이어집니다.

在韓國,搬家通常會舉辦喬遷宴。據說這樣才能使新居未來一帆風順。在你們國家裡,有什麼樣的搬家文化呢?跟我分享吧。我們第七課見囉。

7.

이준기 생각 : 한글날은 쉴 일이여야 한다. 왜냐고요? 그래야 노는 날이 하루라도 더 많아지니까요. 농담이였고요. 한국사람에게 한글은 중요한 문화적인 자산인데 이런 뜻 깊은 날은 기념일이 되어야 한다고 생각해요. 여러분 생각은 어떠세요? 8 과에서 만나요.

李準基認為:韓文節必須放假。為什麼呢?因為還可以再多玩一天。我開玩笑的啦。韓文對韓國人來說是

重要的文化資產，如此意義深遠的日子應該訂定為紀念日。你們認為呢？我們第八課見囉。

8.

우리 생화에서 일기예보는 정말 중요하지요. 매일 아침 내 마음의 일기예보는 항상 맑음이였으면 좋겠어요. 여러분의 마음의 일기예보도 항상 맑음이길 기도할게요. 9 과에서 만나요.

天氣預報在生活中真的很重要。我希望每天早上我的心情天氣預報都是晴天。祝福各位的心情天氣預報也都是晴天。我們第九課見囉。

9.

앗, 김치볶음밥을 만드는 애기였어요. 저랑 하즈키 씨가 김치볶음밥을 만드는 방법 잘 안내드렸으니 어려분도 이제 만드실 수 있겠지요? 10 과에서 만나요.

啊，這是泡菜炒飯的作法。我和葉月已經仔細介紹泡菜炒飯怎麼做了，現在大家應該會做了吧？我們第十課見囉。

10.

한국말에 '짚신도 짝이 있다' 라는 말이 있어요. 사람은 누구나 짝을 찌어 살게 마련이라는 뜻이에요. 제 짝은 어디에 있을까요? 아~ 빨리 좀 나타나라고요. 이제 두 과를 남겨두고 있어요. 거의 다 왔으니 조금만 더 심내세요. 11 과로 이어집니다.

韓國有句話叫「草鞋也成雙」，意思就是每個人終究能找到伴過日子。我的另一半在哪呢？啊～快出現吧！目前只剩下兩堂課了。就要結束了，大家再加油一點。接下來是第十一課囉。

11.

나라마다 정말 문화가 다르지요. 저도 일하러 외국에 많이 다니는데요. 다른 나라에서 새로운 문화를 접할 때마다 정말 신기하고 재밌어요. 여러분 나라의 문화를 저에게 들려주시겠어요? 12 과에서 만나요.

每個國家的文化都好不一樣喔。我常常為了工作出國，在國外每次遇到新的文化就覺得很新鮮有趣。能不能跟我分享你們國家的文化呢？我們第十二課見囉。

12.

어려서부터 배우가 되는 게 꿈이였어요. 그런데 이렇게 배우가 되어 어려분의 큰 사랑을 받고 있으니 저는 정말 행복한 사람이에요. 여러분 곁에서 항상 함께하는 배우, 이준기가 되겠습니다.

我從小就夢想成為演員。而現在我當上演員，還受到大家的愛戴，我真的是一個很幸福的人。我——李準基，一定會成為時時陪伴你們左右的演員的。

Ending

여러분, 드디어 저와 함께하는 한국어 공부가 끝났어요. 그 동안 정말 수고 많으셨어요. 하지만 여러분, 한국어 공부 여기서 멈추지 마시고요. 지금까지 공부했던 것들을 계속 반복하며 공부해 나가세요. 한국어 공부는 시작했을 때 쉬지 않고 계속 공부하는 게 중요하거든요. 그럼 저 이준기는 더 좋은 드라마와 영화 작품으로 여러분을 찾아뵈겠습니다. 여러분, 늘 행복하세요.

各位，跟我一起學習韓語已經到了尾聲。這段期間你們都辛苦了。然而，大家不要就此結束學習，要持續複習過去所學的內容。學習韓語的重點在於開始之後不間斷地持續下去。那麼，我，李準基將會在更精彩的電視劇與電影作品中與大家見面。祝福各位永遠幸福。

國家圖書館出版品預行編目

跟李準基一起學習"你好！韓國語" ③ / 劉素瑛 編著；
左昭 譯 . -- 初版 . -- 臺北市：大田，2017.04
面；　公分 . --（Restart；10）
ISBN: 978-986-179-479-2（平裝）

1. 韓語　2. 讀本

803.28　　　　　　　　　　　　106000826

Restart 010
跟李準基一起學習"你好！韓國語" ③

劉素瑛◎編著　左昭◎譯
特別參與製作◎李準基(演員)

出版者：大田出版有限公司
台北市10445中山北路二段26巷2號2樓
E-mail：titan3@ms22.hinet.net　　http：//www.titan3.com.tw
編輯部專線：（02）25621383　傳真：（02）25818761
【如果您對本書或本出版公司有任何意見，歡迎來電】

總編輯：莊培園
副總編輯：蔡鳳儀　執行編輯：陳顗如
行銷企劃：古家瑄／董芸
初版：2017年4月1日　定價：450元

國際書碼：978-986-179-479-2　CIP：803.28/106000826